그녀들의 글쓰기 맛수다

그녀들의 ✷ 글쓰기 맛수다

강하나
김미정
우혜진
이현정
조미란
지음

사유와공감

목 차

1장

글을 써야만 했다

2장

첫 문장을 쓰다

3장

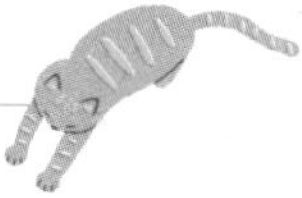

글쓰기의 다음을 꿈꾸다

4장

오늘도 쓰는 사람들

작가 소개

✻ **강하나**

단단해 보이지만 사실 부드럽고 톡톡 튀는 파인애플 같은 INFP

전업주부로 가사를 꾸리는 한편 작가 활동에도 힘을 쏟고 있다. 호기심이 많은 성격이라 길가에 핀 꽃 구경하기, 식물화가 그려진 카드 수집하기 등의 취미가 있다. 로맨스 웹 소설 애독자이기도 하다.

✻ **김미정**

난잡함 속에 나만의 질서를 지킨다! 예측 불가능한 패션프루트 같은 INFP

'낭만필사 빛그루'라는 활동명으로 그림책 활동가로서 여러 프로그램을 운영하고 있다. 고요한 새벽 시간에 하는 독서와 필사를 좋아한다. 저서로는 전자책 《에니어그램과 그림책테라피》가 있다.

✳ **우혜진**

완벽하고 단단하게 보여도 실은 빈틈이 많은 모두부 같은 ISFJ

작가 활동과 함께 글그림공방 '나담스튜디오'를 운영하고 있다. 읽거나, 그리거나, 쓰는 일을 한다. 여기저기 걸으며 구경하는 시간을 좋아한다. 저서로는 《도망치고 싶을 때마다 책을 펼쳤다》가 있다.

✳ **이현정**

좋은 게 좋은 거지, 모나지 않은 뜨끈하고 편안한 돌솥밥 같은 ISTJ

'책닮녀'라는 활동명으로 그림책 활동가이자 프리랜서 강사로서 여러 프로그램을 운영하고 있다. 그림책을 특히 좋아하며, 좋아하는 드라마는 몇 번이나 돌려 보곤 한다. 여행을 계획할 때 즐거움을 느끼는 편. 저서로는 《그냥, 좋다는 말》이 있다.

✳ **조미란**

상큼한 유자 샐러드 같은 ENTJ…이지만 관심 없는 분야(요리)에서는 허술하기도!

두 딸의 엄마이자 초등 교사로 일하고 있다. 작가로서의 활동명은 '자유로운 풀풀'. 유튜브 영상을 재생해 놓고 하염없이 멍때리는 시간이 좋다. 육아와 부부 생활에서 소재를 얻곤 한다. 저서로는 《내 아이를 있는 그대로 보는 연습》이 있다.

1장

글을 써야만 했다

글을 쓰는 사람이라면 누구에게나 '첫 문장'이 있기 마련이다. 그것이 기억될 만한 문장이든, 몹시 사소해서 금세 잊어버릴 문장이든, 읽는 사람에서 '쓰는 사람'으로 새롭게 길을 나선 첫 순간은 각별할 수밖에 없다. 어떤 이는 아직 손때가 묻지 않은 종이 위에 흑연이나 잉크를 묻히며 첫 문장을 맞이했을 것이고, 또 어떤 이는 모니터나 패드 앞에서 키보드를 눌러보며 백색 문서를 활자로 채워갈 긴 여정을 상상했을 것이다. 마음속에서 떠돌던 말들을 잡아 처음으로 눈앞에 가져다 두었을 때, 그 많은 '쓰는 사람', 곧 '작가'들은 어떤 기분이었을까?

글을 쓰기 전, 우리는 대개 우리 자신의 이름보다 누군가의 엄마라는 호칭으로 불리는 일이 많았다. 목적지를 향해 뜀박질하는 인파 속 홀로 걸음을 멈추고 정체된 듯 권태와 불안이 내면을 파고들 무렵, 우리는 저마다의 이유로 글을 쓰기 시작했다.

‘그들과 나는 뭐가 다를까’라는 궁금증 (강하나)

“나 이제 육아서 그만 볼래!”

2020년 8월의 어느 날, 사자후를 터뜨렸던 순간을 기억한다. 두 명의 아이와 함께 임신, 출산, 육아를 10여 년 겪었더니 남은 건 경력 단절과 지하까지 뚫고 내려간 낮은 자존감, 그리고 텅 빈 비상금 통장뿐이었다. 전문가가 친절하게 조언하고 있는 육아서조차 단 한 글자도 눈에 들어오지 않았다. 경력 단절에서 오는 경제적인 불안감, 그리고 전업주부이면서 아이를 책에 나온 대로 잘 키우지도 못한다는 자괴감까지. 나를 둘러싼 상황과 내가 느끼는 감정을 더는 버티기 힘들었다. 어떻게 해야 이 육아 우울증을 떨칠 수 있을지 알 수 없어 가슴이 답답했다.

방법을 모색하던 중 문득 나를 위한 취미 생활을 가져야겠다는 생각이 들었다. 어떤 것을 해야 할지 신나는 고민도 잠시. 기승전 '돈'이었다. 돈 걱정에서 벗어날 수 없었다. 고민 끝에 찾아낸, 돈이 들지 않는 취미가 '서평단 자격으로 책 읽기'였다. 책을 공짜로 받을 수 있으니 얼마나 좋은가. 어떻게 해야 서평단으로 활동할 수 있을지 인터넷을 뒤졌다. 주로 출판사 블로그나 인터넷 서점에서 서평 이벤트 참여자를 모집한다는 것을 알게 된 후, 신청서에 참여 동기를 쓸 때마다 간절한 마음을 담았다. 그 정성이 통한 건지 아니면 이전 활동이 없는 신인이기에 오히려 가능성을 믿었는지 확인할 길은 없지만, 운 좋게 서평 이벤트에 하나씩 당첨이 되었다.

하지만 나는 40여 년을 살면서 제대로 책을 읽어보았다고 말할 만한 시기가 없을 정도로 평소 책 읽기에도, 책에도 관심이 없었다. 어떤 책이 좋은 책이고 어떤 책으로 서평을 써야 하는지조차 몰랐다. 비싼 책이면 될까? 어려운 책을 읽으면서 서평 쓰기를 시작하면 되는 건가? 이런 막연한 마음으로 덤벼든 내게 전문 지식을 담고 있거나 책등이 두툼한 책은 어불성설이었다. 그나마 내가 도전할 수 있는 건 나와 처지가 비슷한 사람들이 가볍게 쓴 에세이 분야의 도서라고 생각했다.

읽은 에세이 권수가 늘어나면서 한 가지 신기한 점을 깨달았다. 그것은 많은 저자가 나처럼 전업주부로 경력이 단절되어 무엇을 해야 할지 모르고 있다가, 책을 몇백 권 읽으면서 꾸준히 글을 쓰고, 나아가 책까지 출간하여 작가의 길을 걷고 있다는 점이었다. 책 속에서 그들의 시작은 나와 비슷했지만, 마지막엔 늘 긍정적으로 끝이 났다. 돈을 많이 버는 '성공'을 한 건 아니지만, 자존감을 회복했다고 그들은 말했다.

도대체 무엇이 그들을 변하게 했을까? 육아에 지친 전업주부가 밝은 미소를 되찾고 강의를 나가거나 재취업에 성공해서 작가 생활을 겸업으로 하게 된 원동력은 과연 무엇이었을까? 어째서 나와 같은 출발선에 있던 그들이 이렇게 달라질 수 있었던 것일까? 나는 그 질문에 대한 답을 찾고 싶었다. 어떤 책을 읽었기에 그게 가능했을까? 에세이에서는 드러나지 않아 찾을 수 없는 답을 찾기 위해 나는 다시 심혈을 기울여 신간을 검색했고, 그에 따라 서평단으로 신청하는 도서의 분야도 조금씩 넓어졌다.

그러나 서평단 활동은 혼자만의 감상에 그치고 말아서 이내 외로움을 느낀 나는 책 읽기에 접근하는 방법을 바꿔 보기로 했다. 혼자 하는 게 싫어졌으니 여럿이서 감상을 나누는 독서 모임이 좋을 것 같았다. 문제는 나처럼 아직 곁에 두고 돌봐야 하는 어린아이가 있는 이들은 사람을 직접 만

나서 토론해야 하는 독서 모임에 참여하기가 쉽지 않다는 것이었다. 독서 모임에 문을 두드릴 때마다 이러저러한 이유로 거절을 당하며 침울해졌다. 그런데 인생사 새옹지마라고, 코로나19가 전국을 휩쓸기 시작한 이후 비대면으로 이루어지는 온라인 독서 모임이 활성화되었다. 온라인 독서 모임은 시공간을 초월하고 대면 모임에서 발생하는 제약을 사라지게 했다. 온라인으로는 늦은 시간이나 주말에도 화면을 통해 편하게 이야기를 나눌 수 있었다. 아이로 인해 가입을 거절당하거나, 모임원들이 토론에 집중할 때 분위기를 흐릴까 봐 걱정할 필요도 없었다.

2021년으로 해가 넘어가면서 나는 독서 모임을 진심으로 대하고 열심히 활동하는 모임원으로 변했다. 어쩐지 여러 사람과 모여서 취업 준비를 하던 20대 때로 돌아간 것 같은 기분이 들었다. 다만 그때와 달라진 점이 있다면, 바로 책 읽기에 대한 나의 마음가짐이었다. 당시 책들은 취업에 성공하기 위해 봐야 하는 것이라 밑줄을 긋고 외워야 할 뿐

읽는 재미가 없었다. 그런데 자발적으로 독서 모임에 들어가 책을 읽으니, 나의 감상이 다른 이들의 생각과 더해지며 불완전하거나 미처 알지 못했던 부분을 채워 주어서 혼자 읽을 때 느꼈던 부족함을 해결할 수 있었다. 순수한 열정, 함께 책을 읽어 내려가는 기쁨, 열띤 토론을 통하여 한 단계 위로 올라서는 희열감은 덤으로 따라왔다.

책을 읽고 SNS에 남긴 기록들이 점차 쌓이면서, 예전의 질문이 다시 떠올랐다.

'다른 에세이 작가들도 시작은 나와 비슷했는데, 왜 나중에는 달라진 걸까?'

독서를 통해 일정 수준 지식을 채웠으니, 앞으로 글쓰기, 책 쓰기와 관련된 도서를 골라 읽고 방법을 연마하면 나도 에세이 한 권 정도 출간이 가능할지도 모른다는 생각이 들었다. 책을 출간할 수 있다는 믿음이 서니, 책을 집필하고 강의를 겸하면서 그동안 보았던 에세이 작가들의 삶처럼 내 삶도 즐거움으로 가득 차는 장밋빛 미래가 눈앞에 그려졌다.

이때부터 독서의 방향을 틀었다. 작법서를 주로 읽는 모임에 들어가 글은 어떻게 써야 하는지, 책은 어떻게 출간하는지 알아냈다. 글 쓰는 방법을 터득해야 하니 책도 부지런히 읽었다. 책에 색깔별로 밑줄도 긋고 때로는 정갈하게 노트 정리도 했다. 이렇게 하면 조만간 내 글도 쑥쑥 써 내려갈 수 있을 것 같았다. 이론을 익혔으니, 실전에 도전할 자신이 생긴 것이다.

글쓰기에 대한 자신감은 넘쳤으나 이런 마음을 나 아닌 다른 이에게서 응원받고 싶었다. 이즈음 운 좋게도 블로그 이웃이었던 라이프 코칭 전문가의 이벤트에 당첨되면서 편한 마음으로 '나다움'에 대한 코칭을 받았다.

"5년 뒤 자신은 어디에서 무엇을 하고 있을지 그 모습을 상상해서 구체적으로 적어 보세요."

당시에 나는 당장 1년 뒤 모습이 달라질 거로 생각하기는 어려웠지만, 왠지 5년 뒤라고 하면 막연한 이미지라도 분명 지금과는 다를 것이라는 기대감을 가질 수 있었다. 내가 적었던 내용이 선명하게 기억난다. 상대방이 내게 말로 표현하는 게 중요하다며 소리 내어 읽어보라고 권했기에 더 잘 기억하는지도 모른다.

"5년 뒤, 아마도 5월의 어느 날일 것 같아요. 시간은 오후고요. 저는 우리 지역 도서관의 한 공간에 있어요. 거기서 저는 하늘거리고 은은한 노란색 계열의 블라우스 상의에 깔끔한 정장 바지를 받쳐 입고 사람들 앞에 서 있어요. 스무 명 정도 앉아 있고요. 성인들이고 나이대는 다양해요. 저는 사람들에게 글쓰기 관련 강의를 하고 있어요. 그날 오전에는 평소처럼 몇 년간 꾸준히 해 오던 독서 모임을 하고, 모임원들과 점심을 같이 했을 거예요. 그리고 강의를 하러 도서관에 간 거예요."

책을 내면 돈을 벌 수 있을 거로 생각했다. 내는 책마다 '대박' 나는 유명한 작가는 아니더라도 강의도 하면서 꾸준히 출간한다면 비상금 한 푼 없이 매달 쩔쩔매는 퍽퍽한 주부의 생활도 끝날 거라 믿었다. 더 이상 돈이 없다고 신세를 한탄하지 않고, 우아하고 밝은 모습으로 아이들을 대하며, 정장을 차려입은 멋진 여성이 될 수 있을 것 같았다.

도전하고 싶은 분야도 다양해졌다. 커 가는 아이들을 위해서 동화를 쓰면 아이들의 눈에 멋진 엄마로 보일 것이다. 드라마처럼 재밌는 소설을 쓰면서, 계약금이나 인세로 한턱낼 때마다 어깨를 으쓱거리기도 할 것이다. 에세이도 당연히 써야 한다. 시작은 초라했지만 끝내 성공한, 겸손하면서도 당당한 나를 드러내는 에세이 말이다.

상상 속에서 몇 년 뒤의 나는 책으로 인생이 바뀐 멋있는 작가가 되어 있었다. 그 달콤함에 취한 채, 나는 성공이란 부푼 꿈을 안고 글을 쓰기 시작했다.

내 입에서 곰팡내가 났어 (조미란)

두 살배기 쌍둥이 딸들이 거실 바닥에 사인펜으로 그림을 그렸다. 커다란 전지를 꺼내 아이들 앞에 꺼내어 주고, 물티슈로 바닥에 그려진 사인펜 자국을 문질렀다. 알록달록한 펜 자국이 물기에 뒤섞이며 물티슈를 검게 물들였다. 휴……. 고개를 드니 창밖의 하늘이 붉게 물들고 있었다.

“저녁 준비해야지.”

노을의 아름다움보다 아이들 먹일 저녁 찬거리가 먼저 떠올랐다. 물티슈를 주섬주섬 모아 쓰레기봉투에 집어넣고,

냉장고에서 어제저녁에 끓여 둔 미역국과 달걀 두 알을 꺼냈다. 가스레인지 위에 미역국이 담긴 냄비와 프라이팬을 올리고 허리를 굽혀 싱크대 하부 장에서 식용유를 꺼냈다.

"아이고, 허리야."

삐거덕거리는 허리에 탄식을 내뱉는 순간 턱에 통증이 느껴졌다. 여섯 글자를 내뱉었을 뿐인데 턱 아래가 뻐근했다.

"여기가 왜 아프지?"

고개를 갸웃거리며 턱을 벌렸다 다물기를 반복하다가 이유를 찾았다. 두 살배기 쌍둥이와 함께하는 하루 동안 제대로 된 말을 한마디도 하지 않았다. '응, 그래'처럼 맞장구치는 말 말고, 어절로 구성된 문장은 짧게라도 하지 않았다.

평소에는 아이들에게 실없는 혼잣말도 종종 했지만, 그날따라 아이들과 이야기하고 싶지 않았다. 눌어붙은 에너지를 바닥까지 긁어모아 아이들에게 종알거리고 싶지 않았다. 어른과 대화하고 싶었다. 그냥 어른이 아니라, 눈을 마주치고 문장을 주고받을 수 있는 사람에게 말하고 싶었다.

내 안에 있는 솔직한 이야기를 끄집어내고 싶었다. '아이 반찬을 무엇으로 만들면 좋을까?' 같은 사소한 고민도, '이렇게 살아도 괜찮은 걸까' 같은 허탈한 이야기도 하고 싶었다. 내 안에 꽁하니 들어앉아 발효되고 있는 단어들을 탈탈 털어 내고 싶었다. '저 사람이 내 말을 듣고 어떤 생각을 할까? 내가 이런 말까지 다 해도 되는 걸까?' 따위의 고민 없이 나의 이야기를 실없이 주절대고 싶었다.

아이들에게 그 말을 할 순 없었다. 두 살 난 아이들이 아무리 나의 말을 이해하지 못한다고 해도, 그 말에 담긴 뉘앙스는 모두 알아들을 테니 아이 앞에선 말조심하고 싶었다. 남편에게도 털어놓고 싶지 않았다. 난 그저 고개를 끄덕이며 공감해 줄 사람이 필요한데, 남편이 내어놓을 본인 위주의 해결책에 발끈하여 고함을 지를지도 몰랐다. 친정엄마에게는 더욱 해서는 안 될 말이었다. 내 안의 말을 끄집어내어 놓았다가는 당신 딸이 조금이라도 더 편했으면 하는 마음이 앞서 밤잠을 설치실 테다.

입에서 곰팡내가 났다. 진짜 곰팡이가 폈는지는 모를 일이지만, 뻐근한 턱을 벌리자 입안에서 거미줄이 끊어지는 듯했다. 아이 또래의 자녀를 키우는 다른 엄마와 수다를 떨고 싶었다. 아이의 발달, 교육, 집안일, '육퇴'('육아 퇴근'을 줄여 이르는 말) 후의 달콤함……. 그 속에 담긴 소소한 사건들의 감상을 먼지 털듯 털어내고 싶었다. 오늘 읽었던 책, 책 내용과 현실의 괴리감, 그래도 현실에 적용할 수 있을 것 같은 어떤 지점들 따위의 독서 이야기도 줄줄 풀고 싶었다. 머릿속을 꽉 채우다 못해 입안 가득 맴도는 이야기들을 어디에든 쏟아내고 싶었다.

지글지글. 프라이팬 위에서 달걀흰자의 가장자리가 노르스름하게 튀겨졌다. 뒤집개를 꺼내 계란프라이를 뒤집고 핸드폰을 꺼냈다. 핸드폰에 설치된 앱을 살펴보다가, 우연히 카페 앱에 들어갔다. 정보를 찾기 위해 가입만 해 두고 이렇다 할 만한 활동을 하지 않았던 카페 목록에서 마음이 닿는 곳으로 들어가 가입 인사를 적었다. 자유 게시판에 글을 적으려면 '가입 인사'와 '댓글 3개 남기기'라는 조건을 충족시켜야 했다. 다 튀긴 계란프라이를 접시에 옮겨 담고 두 손으로 핸드폰을 잡았다.

'안녕하세요. 시골에서 두 살 쌍둥이 딸들을 키우는 풀풀입니다. 잘 부탁드립니다.'

형식적인 가입 인사 글을 올리고, 게시판의 글을 살폈다. 비슷비슷한 분들의 가입 인사에 짧은 댓글을 남겼다. 두 개쯤 남겼을까? 내 글에 댓글이 달렸다는 알림창이 떴다.

'저도 이제 가입했어요. 반가워요!'

입꼬리가 슬며시 올라갔다. 나와 비슷하게 활동을 시작하려는 사람들이 있다니, 동질감에 심장이 뛰었다.

아이들이 잠든 후, 정보 통신망이 벽을 허물어 제공해 준 공간 속으로 들어가 '자유로운 풀풀'이란 닉네임으로 글을 썼다.

'육퇴 후 뭐 하세요? 애들이 30분 일찍 자니 너무 좋은데 뭘 해야 할지 모르겠어요.'

물을 한 잔 마시는 사이 댓글이 달렸다. 띠링 울리는 알림이 그리도 설렐 줄이야. 내 몸은 집 안에 머물러 있지만, 나의 신경은 통신망을 타고 벽 너머로 흘러 어딘가 나와 비슷한 처지에 있는 누군가와 연결되었다. 그 막연한 결속에 마음 한쪽이 찌릿했다.

카페에 올린 글이 스무 개를 넘어가고 나중에는 몇 개째인지 떠오르지 않을 지경에 이르자, 불편한 마음이 들었다. 처음에는 쓰는 게 좋아서 그냥 썼는데, 어느 순간부터 내 글에 달린 댓글에 마음이 흔들리기 시작했다. 마음을 털어놓으려고 쓰기 시작했는데, 어느 순간 진짜 마음을 담은 글이 아니라 '남들에게 호응을 얻을 만한 글'을 쓰려고 머리를 굴렸다. 아쉬운 점도 있었다. 카페에 올린 글은 내가 썼지만, 내 것이 아니었다. 아무리 성실하게 쓰더라도 그것은 소속된 카페에만 남겨질 뿐 개인적인 공간에 따로 모을 방법이 없었다. 또한 카페의 분위기에 맞지 않는다면 관리자가 언제든 내 글을 수정하고 지울 수 있었다.

나는 내 글의 주인이 되고 싶었다. 다시 마음의 곰팡이를 박박 긁어내려고 또 다른 플랫폼을 찾았다. 바로 블로그였다. 나에게 블로그는 진입 장벽이 낮은 곳으로 느껴졌다. 인터넷이 갖춰진 환경에서라면 노트북이나 핸드폰 등 무엇을 이용해서든 기록이 가능했다. 사진 등록에도 용량 제한이 없었고, 글의 분량도 마음대로 결정할 수 있었다. 아이들과 함께하다가 순간의 생각을 남기고 싶을 때, 종이와 연필을 찾을 필요가 없었다. 곁에 둔 핸드폰을 열어서 블로그 앱만 누르면 끝이었다. 쓰던 글을 저장하고, 저장해 둔 글을 불러와서 이어 쓰기도 편했다.

틈날 때마다 떠오르는 나의 개똥철학을 놓치기 싫어서 '단상'이라는 게시판을 만들어 글을 올렸다. 아이들이 읽은 책과 함께한 활동을 기록으로 남기고 싶어서 '육아 기록' 게시판도 만들었다. 읽은 책 내용이 휘발되지 않도록 '독서' 게시판에 책 속 구절과 내 생각을 남겼다. 한 번 쓴 글은 다시 읽어보며 다듬지 않았다. 제목은 '몇 월 며칠'이었고 검색 키워드나 해시태그도 쓰지 않았다. 나는 오로지 나만을 위한 기록을 채워갔다. 무언가를 이루어야겠다는 목적이 없었기에 블로그는 나의 일상을 기록하기 가장 적합한 공간이었다. 그렇게 그곳은 나의 '대나무 숲'이 되었다.

블로그에 열심히 글을 올리던 어느 날, SNS를 통해 친해진 동생이 댓글을 달았다.

"언니, '단상' 게시판의 글을 글쓰기 플랫폼 B에 올려

보는 건 어때? 언니 글 쓰는 거 좋아하니까 거기도 좋아할 것 같아."

검색창을 열어 동생이 말한 사이트를 검색했다. 현란한 사진도 없고, 그럴듯한 서식도 없는 글들. 우리 플랫폼은 문장으로 승부를 본다는 듯, 이미지보다는 글에 주력한 모습이었다. 회원 가입을 하고, 일단 아무렇게나 글을 쓰고 저장한 후, 그것을 올려 보려는데…… 쓰는 건 자유롭지만 올리는 건 내 맘대로가 아니었다. B 플랫폼에서 공개적으로 글을 올리기 위해서는 먼저 '작가 등록'이라는 관문을 통과해야 했다. 우여곡절 끝에 작가 등록에 필요한 몇 편의 글과 작가 소개, 기획서를 작성했다. 두 번의 도전 끝에 나는 B 플랫폼에 글을 발행할 수 있는 작가가 되었다.

이전의 나는 전화 통화나 수다 떨기처럼 청각을 통한 소통에 익숙했다. 하지만 육아를 하며 기존의 방법으로 사회와 소통할 길이 거의 끊기고 말았다. 나는 쌍둥이를 육아하며 생활 리듬이 깨져 있었기에 시간이나 공간을 상대와 공유해야 가능한 즉각적인 쌍방향 대화가 어려웠고, 소통의 갈증이 쉬이 가시지 않았다.

하지만 글을 매개로 한 소통은 내가 어느 때 시작해도 누군가의 시간을 방해하지 않았다. 또 당장 응답하지 않아도 언제든 자유롭게 타인과 연결될 수 있었고, 물리적으로 함께 있지 않아도 적막함을 달랠 수 있었다. 말이 아닌 글로 소통하는 건 '주워 담을 수 있다'는 장점도 있었다. 아무리 친한 사이라도 허심탄회하게 모든 말을 끄집어내고 나면 뒤돌아서 후회하기 일쑤인데, 글은 아니었다.

게시 글 등록 버튼을 누르기 전까지 그 글은 어디까지나 혼잣말에 지나지 않았으며, 등록 버튼을 누르고도 수정이나 삭제가 자유로웠다. 유명한 사람이 아닌 평범한 나의 글은 많은 이의 관심거리가 아니었기에 더욱 자유롭게 내 생각을 표현할 수 있었다. 게다가 익명성이 보장된 곳이므로, 예를 들어 지인들 사이에서 드러내기에 조심스러운 사적인 이야기도 돌려서 표현하는 등 자유롭게 글을 쓸 수 있었다. 읽는 이의 감정을 고려해서 문장을 적절히 걸러내긴 했지만, 주변 사람에게 말로 전하는 것보다 더욱 솔직하게 내 마음을 드러낼 수 있었다.

나는 온오프라인을 망라한 여러 방법으로 글을 쓴다. 좋은 문장이 있으면 종이 위에 손수 필사하면서 마음을 정화하고, 관심사가 비슷한 사람들이 모인 공간에서 하소연하거나 유용한 정보를 나눈다. 독서에서 이어지는 사유를 적어 올리고, 주 양육자로 살아가며 겪는 일상적인 에피소드에 메시지를 담아 글로 남긴다. 이토록 다양한 글쓰기를 가능케 한 건 소통을 향한 나의 집념이다. 나는 맑은 날에도 쓰고 궂은 날에도 썼다. 슬플 때 쓰고 기쁠 때 썼다. 화가 날 때 쓰고 자책하며 썼다.

내 입에서 곰팡내가 났는데, 꼭 말이 아니더라도 손가락으로 눌러 쓴 문장만으로 입안에 있던 포자들이 밖으로 날아갔다. 그래서 쓰고 또 쓰면서 내 몸 구석구석 박혀있던 묵은 곰팡이를 긁어내고 입과 귀와 눈을 가로막았던 거미줄을 걷어냈다. 그러자 누구에게도 말할 수 없던 진짜 이야기, '나의 글'이 시작됐다.

나를 쓰게 한 건 팔 할이 농담이었다

이현정

엄마는 '무심코 던진 돌멩이에 개구리는 맞아 죽는다'라는 말을 자주 하셨다. 그러면서 농담 한마디를 할 때도 조심해야 하는 거라고 내게 신신당부했다. 그래서인지 나는 늘 농담을 건네고도 오해의 소지가 없는지 살폈고 상황에 적합했는지 검토했다. 또 누군가 내게 농담을 건넸을 때는 그 의미를 두고두고 생각하는 편이었다. 그날도 그냥 하하 호호 웃고 넘기면 되는, 말 그대로 단순한 농담이었는데, 그게 오래도록 내 귓가에 맴돌았다. 우연히 돌멩이를 맞은 개구리는, 죽지는 않았지만 피부가 바짝바짝 말랐다. 작은 농담이라는 돌멩이 하나가 개구리의 가슴에 불을 지핀 것이다. 더 멀리, 더 높이 뛰어오르고 싶다는 마음이 거대한 불덩이처럼 타올랐다. 그 덕분에 개구리는 연못 속으로 펄쩍 뛰어들었다가 다시 더 멀리, 이번엔 연못 밖으로 뛰어오르며 바깥세상을 탐하기 시작했다.

4년 전 어느 날이었다. J 언니와 나는 아랫집 윗집 이웃 사이였지만, '워킹 맘'인 언니를 마주치는 일은 극히 드물었다. 나이가 똑같은 두 아이를 키우고 같은 유치원에 보내며 친해진 사이였는데, 가끔 언니가 휴가를 내면 함께 밥도 먹고 차도 마시곤 했다. 그날도 그런 날 중 하루였다. 이런저런 이야기를 나누다가 언니가 불쑥 질문을 던졌다.

"넌 도대체 밤마다 뭐 하냐? 어젯밤에도 나 퇴근할 때 불 켜져 있던데?"

언니는 퇴근길, 즉 아이들이 잠들었을 법한 시간까지

불이 켜진 작은방에서의 행적이 궁금하다며 내게 물었다. 이미 몇 번이나 우리 집에 온 적이 있는 언니는 그 방의 용도를 알기에 더 궁금했을 테다. 그곳에는 침대도 텔레비전도 없으니까. 해가 안 드는 북향 방이라 다른 방보다 추워서, 커다란 옷걸이와 붙박이장, 컴퓨터 등을 넣어 두고 다용도실로 이용한다는 걸 언니는 알고 있었다. 그녀는 도대체 거기서 밤마다 무엇을 하느냐고 캐물었다.

"뭐, 그냥, 이것저것."

나는 쭈뼛쭈뼛 대답했다.

"그러니까 이것저것 뭐?"

언니는 진짜 궁금하다는 듯, 설마 남편 몰래 '야동'이라도 보냐며, 혹시 그런 게 있다면 이웃사촌 좋은 게 뭐냐, 나누어 보자는 간절한 눈빛으로 호소했다. 나는 멋쩍게 웃으며 말했다.

"아니, 뭐. 글도 쓰고, 공부도 하고, 일도 하고 그러지."

말 안 하면 집에서 노는 줄 아는, 프리랜서로 활동을 시작한 지 얼마 되지 않았을 때였다. 친한 관계였지만 묻지도 않는데 구태여 프리랜서 강사로 활동하게 되었다고 알리는 게 부끄러워 한 번도 말하지 않았다. 매일 일하는 것도 아니고, 하루 종일 하는 것도 아니라서, 먼저 말하지 않으면 누구도 내가 일을 하고 있다고는 생각하지 못했다. 그저 엄마로서 아이를 돌보고 남편을 뒷바라지하는 헌신적인 내조자로 살려니 짐작했다. 언니 역시 그랬다. 예상과 다른 대답에 언니는 한층 커진 눈으로 바라보며 물었다.

"일한다고? 무슨 일을 하는데?"

'일'이라는 단어가 유난히 낯설었는지 깜짝 놀란 언니가 다시 캐묻기 시작했다. 그림책을 만나 첫눈에 반하고, 그래서 더 격정적인 사랑을 하며 그림책에 빠져들고, 용기를 내어 그림책 활동가가 된 오랜 시간과 여러 사연을 한마디로 간결하게 답했다. '그냥 그림책 관련된 일을 한다'라고. 사람들 대부분이 그러하듯, 언니도 나와 그림책의 연애사에 관해서는 더 이상 궁금해하지 않았다. 대신 다른 질문이 훅 들어왔다.

"글은? 무슨 글 쓰는데?"

아차, 괜히 글을 쓴다고 말했나 하는 후회가 일었다. 지금도 큰 차이는 없지만, 당시에는 '글'이라고 지칭할 만한 것을 쓰고 있지 않았기에 민망함에 더 움츠러들었다. 단지 엄마들이 주로 활동하는 온라인 커뮤니티에 상품을 사용한 후기 글을 올리고, 그 글이 꽤 많은 조회 수를 기록하고, 커뮤니티 안에서 주어지는 상을 받으며, 내가 글을 잘 쓸 수도 있겠다는 막연한 기대가 피어오르고 있을 때였다. 글에 대한 애정으로 콩깍지를 잔뜩 뒤집어쓴 내 안에 새로운 사랑이 싹틀 무렵, 나는 그저 언젠가는 글을 쓰며 살고 싶다는, 연못 밖 세상에서 작가라는 역할을 하며 살아가고 싶다는 원대한 꿈을 꾸고 있었다. 한 번도 다른 사람 앞에서 뱉어본 적 없는, 가슴속에 품어 왔던 꿈이었다. 그런데 그 자리에서 나도 모르게 그 꿈을 내놓고야 말았다.

"언젠가는 내 이름으로 된 책 하나 내고 싶어서."

언니의 눈빛이 반짝였다. 마치 '독한 계집애 같으니라고'라고 말하는 것 같았다. 그러고는 내게 농담을 던졌다.

"벌써 쓰고 있는 거 아냐? 좀 있으면 책 나오고 그러는 거 아니냐고."

프리랜서로 활동하면서 한마디도 안 한 나를 은근히 꼬집는 말이었다. 뭐든지 혼자서 사부작사부작하는 것을 좋아하는, 그래서 뭐든지 섣불리 말하지 않는 나의 스타일을 잘 아는 언니가 웃자고 던진, 진담 같은 농담이었다. 하지만 그 농담이 나를 뜨겁게 만들었다. 언니의 말은 내 귓가에 종소리가 울려 퍼지게 했다. 그저 꿈만 꾸고 바라기만 하던 내게, 지금 당장이라도 글을 쓸 수 있다는 사실을 깨우쳐 준 것이다.

'그래, 지금 써도 되는구나. 지금도 쓸 수 있어. 내가 못할 이유가 없잖아?'

언젠가는 내 이름으로 된 책 하나를 갖고 말겠다는 생각에서 내 이름으로 된 책을 '지금' 써야겠다고 마음을 고쳐먹었다. 늘 머릿속으로 굴려만 보던 시뮬레이션의 시작 버튼을, 언니의 농담이 과감하게 눌러버린 것이다. 그날부터 나는 진짜 책을 내기 위해서는 어떤 글을 어떻게 써야 하는가를 진지하게 고민했다. 글쓰기와 출판에 관련된 도서들을 골라 읽었다.

매일 글을 쓰겠다고 다짐하고 글쓰기 모임에 들어갔다. 새벽 6시에 일어나 기상 인증을 하고 주어진 글감에 맞는 글을 쓰는 것을 시작으로, 꿈에 그리던 '글 쓰는 삶'을 살기 시작했다. 진짜 나를 돌보는 글쓰기 경험을 차곡차곡 쌓아갔다. 그러면서 매일 나 자신에게 말했다.

"야, 너두 쓸 수 있어."

내가 글쓰기를 시작한 건, 그리고 계속 쓸 수 있었던 건 '팔 할이 농담'이었다. 농담으로 생각이 바뀌었고, 생각이 바뀌니까 행동이 바뀌었다. 사람들은 흔히들 행동이 바뀌어야 진짜 변화한 거라고 말한다. 그러면서 생각만 바꾸는 사람을 우습게 본다. 계획만 세우고 실천하지 않는 사람, 다짐만 잔뜩 늘어놓고 행동은 작심삼일인 사람을 보며 하나도 바뀌지 않았다고 평가한다. 하지만 전과 다른 행동을 실천하려면 먼저 생각이 바뀌어야 한다. 바뀐 생각이 오랫동안 내 머릿속에 차오르고 그 물결 위로 노를 저어 나가면, 행동에 차츰 작은 변화가 일어나기 시작한다. 그리고 언젠가는 내가 원하는 강둑에 나를 데려다 놓는다.

언니가 별 뜻 없이 던진 농담에 맞은, 나라는 우물 속 개구리는 뜻밖에도 전혀 다른 물길로 헤엄쳐 가며 높이 높이 뛰어올랐다. '나중에', '언젠가' 하겠다는 막연한 소망을, 지금 당장 내가 해 볼 만한 일로 바꾸었다. 생각이 바뀌니 행동을 바꿀 계획이 생겼고, 그것을 실천에 옮기며 '쓰는 삶'을 이어 나갔다. 농담 덕분에 오로지 내 힘으로 피, 땀, 눈물이 뚝뚝 떨어지는 처절하고도 거룩한, 그야말로 치열한 투고 과정을 거쳐 책 한 권을 출판했고, 이제는 '함께'의 힘으로 글을 쓰는 작업을 하고 있다. 만약 내가 그 농담을 듣지 않았더라면, 안전한 연못에서 오래오래 사는 개구리가 될 수는 있을지언정 높이 뛰어올라 바깥세상을 직접 보고 느끼는 행복한 개구리는 될 수 없었을 것이다.

농담 한마디로 이 모든 것이 이루어졌다고 할 수는 없다. 그럼에도 나는 '내 글쓰기의 팔 할은 농담'이라 단언하고 싶다. 시작이 반이라는 우리나라 속담처럼, 내게 농담이 없었다면 글을 쓰는 생활은 여전히 꿈속에서나 존재했을 것이다. 작가라는 호칭도, 물론 지금도 너무 낯선 호칭이지만, 그보다 더 멀고도 아득한 세계의 것으로 남았을 것이다. 하지만 그 농담 덕분에 나는 나머지 이 할의 피나는 노력을 할 수 있었다. 아이를 재우고 늦은 밤 밀려오는 졸음을 쫓아내며 글을 썼다. 다른 이들과 함께 쓰는 동안에는 육퇴와 동시에 글쓰기라는 직장에 출근했다. 온라인으로 머리를 맞대고 기획 회의를 하고 열의를 쏟고 정성을 들였다. 회의가 끝나고 남은 시간에는 이쪽을 무섭게 노려보는 마우스 커서의 압박을 혼자 오롯이 이겨내며 한 자 한 자 써 내려갔다. 무심코 던진 농담은 나를 가슴 뛰게 하고, 키보드 위에서 마구 뜀박질하게 했다.

그러니 이번에도 제게 농담 한번 해 주실래요?
이러다가 이 책 베스트셀러 되는 거 아니냐고요.
그러다가 진짜 베스트셀러 작가 되는 거 아니냐고요.

글쓰기라는 위대한 유산 (김미정)

나는 2020년 마흔이 되었다. 나에게는 은근한 자랑거리가 하나 있었는데, 마흔 가까이 살면서 불면증에 시달린 적이 한 번도 없다는 사실이었다. 나는 어떠한 기막힌 일이 있어도 잠 하나는 잘 자는 사람이었다. 엄마가 돌아가셨을 때는 어쩌면 이제부터 잠을 잘 수도 없고 먹을 수도 없을 것 같다고 생각했지만, 그날조차 내 비루한 몸뚱어리는 눈치도 없이 허기를 느끼고 까무룩 잠들어 버렸다. 게다가 아무리 늦게 자더라도 아침이 밝으면 곧잘 일어나기까지 했으니,

소위 '미라클 모닝'이라는 건 이미 내 체질이나 마찬가지였다. 물론 새벽 일찍 일어난다는 사실만이 미라클 모닝의 진정한 의미는 아니지만. 그런 나에게, 코로나19로 인한 팬데믹 시기와 교묘하게 맞물린 어느 날 느닷없이 '불면증'이라는 불청객이 쳐들어왔다. 그것은 나의 몸과 마음을 밧줄에 묶어 버린 듯 꼼짝달싹 못 하게 했다.

처음엔 잠이 오지 않는 밤이 꽤 낭만적으로 느껴지기도 했다. 비라도 내리는 밤이면 빗소리에서 리듬을 찾아 음악 감상하듯 한참을 가만히 앉아 있었다. 그런 여유는 마치 낮 동안 아이와 신경전을 벌이느라 미처 챙기지 못했던 나만의 시간에 대한 보상처럼 느껴졌다. 하지만 낮과 밤이 바뀌어 버리는 블랙홀 같은 시기가 찾아오자 이것이 선물이 아닌 저주라는 것을 깨달았다. 새벽 내내 잠이 들 만하면 다시 깨버리기를 반복했다. 그렇게 뜬눈으로 아침을 맞이하면, 반대로 아주 개운하게 잘 자고 일어나 에너지를 가득 충전한 아이와의 긴장 가득한 하루가 시작되었다. 다시 밤이 오면 드디어 나만의 시간을 맞이하나 싶지만, 이미 여유를 누릴 에너지까지 고갈되어 버린 후였다.

나는 무정한 잠을 하염없이 기다리다가 허무하고 묵직한 배신감만 느끼고 마는 악순환의 덫에 걸려들었다. 그런데 이 끊어 낼 수 없을 것 같은 덫을 끊어 내는 방법은 의외로 단순했다. 우선, 오지 않는 잠을 애써 기다리느니 차라리 마음을 비우는 쪽을 택했다. 그러고는 부엌 식탁에 앉아 그동안 읽지는 않고 마냥 쌓아 두기만 했던 책들을 꺼내 읽기 시작했다. 문득 시선을 멈추게 하는 좋은 문장을 만나면 노트에 따로 필사하기도 했다. 그렇게 만든 필사 노트가 한 권 두 권 늘어나는 걸 보는 것이 나에게는 새로운 즐거움이자 일상을 살아가게 하는 에너지원이 되었다. 책과 함께하는 밤이면 나도 이토록 좋은 문장을 짓는 사람이 되고 싶다고 생각하며 시나브로 잠이 들곤 했다. 그렇게 불면증을 앓는 시간이 줄어들었다.

그러던 어느 날, 딸아이의 볼멘소리가 들려왔다.

"엄마! 요즘 맨날 엄마 뒷모습만 보는 것 같아!"

책 읽고 글 쓰는 데 재미를 붙이니 자연히 책상 앞에 앉아 있는 시간이 길어졌다. 아이는 그런 나의 뒷모습에서 서운함을 느끼는 것 같았다. 그때였다. 가물가물할 만큼 오래되어서 조금은 미화됐을지도 모르지만, 나에게도 비슷한 기억이 있다는 것을 깨달았다.

어릴 적 잠에서 깨어 몸을 뒤척이다가 슬쩍 눈을 뜰 때면, 방 한편에서 낮고 좁은 밥상을 펴 놓고 가계부를 쓰고 있는 엄마의 뒷모습이 보이곤 했다. 엄마가 무릎 한쪽을 굽혔다가 다시 펴기를 반복하는 것이 보이고, 그녀가 손에 쥔 볼펜이 탁탁 리듬감 있게 돌아가는 소리도 들려왔다.

엄마는 몇 장 되지도 않는 지폐를 색깔별로 바닥에 내려놓고 한숨을 푹 내쉬기도 했는데, 철없던 나는 그 마음을 헤아리기보다 우리 집에 과연 돈이 얼마큼 있는지를 더 궁금해했더란다. 엄마는 이내 후련함인지 슬픔인지 모를 미소를 지으며, 지폐를 다시 가지런히 모아 가계부 뒤쪽에 쏙 끼우고 표지를 탁 덮었다. 두툼하면서도 공허해 보이던 그 가계부에는 숫자뿐만 아니라 부족한 살림살이에 대한 답답함과 아빠를 향한 원망, 아이들에게 미안한 마음이 잔뜩 쓰여 있었을 것이다. 나는 엄마가 고개를 들 것 같으면 순간 화들짝 놀라며 눈을 질끈 감았다. 왠지 내가 자다 깨서 가계부를 쓰고 있는 당신의 쓸쓸한 뒷모습을 보고 있었다는 것을, 엄마가 알아선 안 될 것 같았다.

하지만 글 쓰는 엄마의 뒷모습이 늘 쓸쓸해 보인 것만은 아니었다. 엄마가 쓰던 것 중에, 표지에 어느 유명 가수의 얼굴이 그려진 스프링 노트가 있었다. 그 가수의 이름은 그때도 지금도 모르겠지만, 스프링 노트에 적힌 엄마의 또박또박한 글씨와 때로 보이는, 감정을 많이도 담았는지 휘갈겨 쓴 글씨의 형태는 내 기억 속에 꽤 선명하게 남아있다. 군데군데 퍽 귀찮아 보이는 '볼펜 똥' 자국도 있었고, 어느 페이지에는 마치 난화를 그린 듯한 격정적인 감정의 흔적이 엿보이기도 했다. 또 어느 페이지에는 엄마가 밤마다 나와 동생을 위해 불러 주던, 그리고 이제는 내가 엄마가 되어서 딸에게 불러 주는 자장가의 노랫말이 정갈하게 적혀 있기도 했다. 엄마는 정체 모를 여자의 모습을 그려 놓기도 했다. 여자는 커다란 모자를 쓰고 살랑 바람이 불면 하늘거릴 것 같은 원피스를 입고 있었다. 지금 생각해 보건대 그녀가 입은 원피스에는 어쩌면 엄마의 소망이 담겼을는지도 모르겠다. 산들산들 바람에 흔들리는 치맛자락은, 마치 자유를 꿈꾸는 소녀 같았던 엄마의 뒷모습과도 닮아 보였으니까.

엄마의 유산 중 단연코 잊을 수 없는 것은, 내가 태어나고 자라는 모습을 지켜보며 쓴 엄마의 '육아 일기장'이다. 그것은 엄마가 돌아가시고 얼마 뒤에 발견한 최고의 보물이다. 일기 속 이야기의 주인공은 나였지만 엄마의 삶 또한 고스란히 엿볼 수 있었던 육아 일기장은, 하나의 역사책이

나 마찬가지였다. 아들을 원했던 할머니의 구박, 엄마의 마음고생을 아는지 모르는지 무심했던 아빠, 그리고 나를 낳기 전 겪은 몇 번의 유산 동안 슬픈 내색을 하지 못해 더 슬펐다는 사실, 입덧으로 힘들었지만 내비칠 수 없었고 먹고 싶은 것이 생각나도 참아야 했던 서러움을 알게 되었다. 그렇게 태어난 내가 아들이 아닌 딸이라서 숨죽여야 했던 것도.

하지만 이상하게도 나는 엄마가 쓴 육아 일기를 읽는 동안 매우 행복하고 감사했다. 마치 엄마를 다시 만난 것 같았다. 당시 고등학생이었던 나는, 어쩌면 그때 나조차도 모르게 어떤 결심을 했는지도 모른다. 나도 나중에 아이를 낳게 되면 육아 일기를 써야겠다고 말이다. 나는 딸의 돌잔치 때 아이의 성장 과정을 담은 사진 대신, 내가 써 온 '태교 일기'와 육아 일기장을 전시했다. 엄마가 나에게 준 보물을 나 역시 아이에게 주고 싶었다. 또한 아이를 키우며 틈틈이 기록을 남기는 일이 쉽지만은 않은데도 불구하고 꾸준히 일기를 썼다는 사실이 스스로 뿌듯하고 자랑스러웠다.

예전엔 미처 몰랐지만, 이제는 알 것 같다. 엄마 역시 삶의 고단함을 풀어낼 방법으로 글쓰기를 선택했다는 것을. 물론, 엄마 자신도 몰랐겠지만.

푸른 새벽에서 아침으로 넘어가는 경계에 엄마가 쓰던 가계부, 그녀의 외로움과 고단함, 소망이 담긴 스프링 노트, 무엇보다 내가 존재 자체로 사랑받고 있다는 사실을 알게 한, 다정하고 조금은 슬픈 육아 일기장까지. 아쉽게도 지금은 그것들의 실물을 더 이상 찾아볼 수 없다. 하지만 '엄마의 뒷모습'은, 나를 '쓰는 사람'으로 만들고자 그녀가 남긴 유일하고도 위대한 유산이 되었다. 글을 쓰던 엄마의 뒷모습을 닮기 위해 의식적으로 노력한 적은 없다. 그러나 어릴 적 힐끗힐끗 눈으로만 탐했던 그 광경은, 내가 미처 알지 못하는 사이 '나도 엄마처럼 글을 쓰고 싶다'라는 생각의 씨앗을 심어놓고 싹을 틔워, 이제는 기어이 열매를 맺은 것이다.

단지, 나를 알고 싶어서였다 (우혜진)

"나는 이제 뭘 하면서 살아야 하지?"

하루에도 몇 번씩 남편을 잡고 질문을 해댔다. 이 한마디에는 나는 당장 현재의 나보다 조금이라도 나아지고 싶고, 아이를 돌보는 일이 아니라 다른 무언가를 하고 싶다는 바람이 넘치도록 담겨 있었다. '답은 내 안에 있다'고들 하는데, 아무리 들여다봐도 답은커녕 티끌만 한 단서도 찾을 수가 없었다. 그러니 가장 가까운 사이인 남편에게 매일 질문할 수밖에. 가족들이 다 자는 새벽에 혼자 일어나 회사에

가고, 하루 종일 스트레스를 받으며 일하고, 집에 오자마자 육아 동지가 되어 아이를 돌보는 남편에게 '이제', '앞으로'라는 말로 미래를 이야기하는 나의 질문은 어쩌면 배부른 투정으로 들렸을지도 모르겠다.

마음이 조용한 날보다 소란스러운 날이 훨씬 많았던 초보 엄마 시절, 단 일분일초도 내 맘대로 흘러가지 않았다. 나 혼자 먹고살기에 충분했던 20대에는 저금도 하고 여행도 다니고, 나만의 생활을 꾸려가며 잘 살아냈다. 넘치게 버는 건 아니었지만, 하고 싶은 일을 곧장 할 수 있을 만큼의 돈과 시간이 있었다. 그런데 일을 그만두고 아이를 키우기 시작하면서 모든 게 바뀌었다. 인생 처음으로 '내 시간'이 확연하게 줄어들었고, 나와 나를 둘러싼 모든 것 사이에 벽 하나가 세워져 있는 느낌이었다. 일을 하지 않게 되고 나니 내가 사회에서 쓸모없는 사람이 된 것만 같았고, 나라는 사람만 바라보며 사는 작은 존재인 아이가 부담스럽기도 했다.

나는 아이가 나와 함께 행복하게 커나가길 바랐다. 아니, 더 솔직하게 말하자면, 내가 행복해지고 싶었다. '내가 행복해지려면, 행복하게 살려면 어떻게 해야 할까?' 난생처음 든 생각이었다. 일터에서는 이미 멀어져 어떤 직업도 직책도 없는 나에게 시간이 지나면 무엇이 남을까? 지금 가지고 있는 '엄마'라는 이름도 결국 희미해진다면 그때 나는 무엇일까?

흔들리는 마음을 다잡으려 책을 읽기 시작했다. 아이를 낳고 마음에 어둠이 드리울 거라고는 예상조차 하지 못했기에 처음에는 어찌할 줄을 몰랐다. 죄책감, 답답함, 막막함 등 내 속을 채운 짙은 회색빛 생각들에 깊이 빠져들지 않으려 애썼다. 내일까지는 모르겠고 당장 오늘 조금 더 잘 살아내면 어디선가 빛이 보이지 않을까, 하는 희망까지 보태어 매일 책을 읽었다. 한 권 두 권 읽은 책이 쌓일수록 독서가 재미있어졌고 1년에 100권 넘게 읽고 나니 스스로에 대한 믿음이 채워지기 시작했다. 이 마음이 없어질세라, 나는 무엇이라도 해 보고 싶어졌다.

"글을 쓰면 나를 잘 알 수 있다."

책에서 본 건지 누군가에게 들은 건지, 출처를 알 수 없는 이 문장이 나의 터닝 포인트가 되었다. 정신도 번쩍 들었다. 어릴 적 쓰던 일기와 간혹 누군가에게 보내는 편지 정도가 글쓰기 경력의 전부였기에, 어른이 되고서는 무언가를 쓰는 자신을 상상해 본 적도 없던 내가 글쓰기를 선택했다. '나는 할 수 있다', '나는 할 수 없다' 상반된 두 마음이 만나 우연인 듯 운명인 듯 나를 이끌었다. 그냥 한번 써 보고 싶었다.

무엇을 하면서 살 것인가라는 큰 질문의 힌트를 얻기 위해서, 매일 글을 써 보려 애썼다. 그런데 뭘 어떻게 써야 하는지 머릿속에 그려지지 않았다. 그래서 글쓰기에 대해 검색했고 사람들의 다양한 글쓰기 방식을 알게 되었다. 자기 전 일기, 감사 일기, 새벽 일기, 확언 쓰기, 오늘 좋았던 일 세 줄 쓰기 등 검색된 내용을 참고해 하나씩 써 보았다. 인생을 건 결심을 했기에 어떻게든 노력했지만, 집중이 잘 되지 않았다. 처음의 열정이 무색해질 정도로 실패한 글쓰기가 이어졌다.

책으로 에너지를 채웠다고 해도, 여전히 온전하지 못한 마음으로 글을 쓰니 여기저기 구멍이 났다. 감사 일기의 임무인 '감사한 것 다섯 개 쓰기'를 하려고 앉아 노트를 폈다. 막상 쓰려고 하니 감사함보다 불평하는 마음만 튀어나와, 다섯 개는커녕 한 개도 억지로 생각해 내는 나에게 화가 났다. 이렇게나 감사한 일이 없는 인생을 살고 있다는 사실을 확인하는 기분이었다.

그래도 써야 했다. 쓰고 싶었다. 간절하게 나 자신을 알고 싶었고 글쓰기가 그 유일한 방법이라고 믿었으니까.

연이은 실패에 제대로 시작해 보지도 않고 글쓰기를 포기할까 봐, 내가 지금 쓸 수 있는 글이 무엇일지 다시 생각해 보았다. 조금 더 편하고 자연스럽게 쓸 수 있는 것이 무엇인지 고민했다. 그러고는 '매일 책을 읽고 있으니, 서평을 써 보면 좋겠다'라고 결론을 내렸다. 모든 책을 하루 안에 처음부터 끝까지 읽을 수 있는 것은 아니니 매일 서평을 쓸 수는 없었지만, 한 권을 다 읽을 때마다 꼭 블로그에 기록하려고 노력했다. 글에는 책 내용만이 아니라 내 생각을 길게 쓰려고 애썼다.

간절함이 있으니 어떻게든 쓰고는 있었지만, 혼자서 하다 보니 쓰다 멈추고 다시 쓰기를 반복하게 되었다. 그래서 이번에는 어떻게 하면 글을 계속 쓸 수 있을지 고민했다. 이번 고민의 해답은 간단했다. 함께 걸으면 멀리 가듯, 글도 함께 쓴다면 더 잘 해낼 수 있을 거라 믿었다. 그날부터 나는 글쓰기 모임을 검색해 보기 시작했고, 우연히 아주 좋은 시기에 '책 쓰기' 모임에 참여하게 되었다.

글쓰기 모임 내지는 강의를 찾다가 책을 쓰는 모임에 들어가다니. 지금 생각해 보면 무식해서 용감했다는 생각이 절로 든다. 단순 글쓰기가 아닌 책 쓰기라는, 조금은 거창한 모임에 참여했지만 나는 그저 강제적으로 글을 쓸 수 있는 모임으로 여겼다. 변화하기 위해서는 쓰는 수밖에 없다고 생각하니 두려운 것이 없었다. 단지 나와 같이 쓸 사람, 내가 뭐라도 쓰게 할 사람이 필요했다. 다른 모임원들은 출간을 목표로 했겠지만 나는 그저 쓰는 것이 목표였다. 그래서 생뚱맞지만, 책 쓰기 모임에 들어가 매일 내 이야기를 쓰게 되었다.

내 안에서 이야기를 끄집어내 쓰는 시간이 쌓이면서 점차 마음이 가벼워지고 단단해졌으면 했다. 그러나 글쓰기 초보인 나는 속을 비집으며 벌어진 틈새로 불어대는 바람에 정신을 차릴 수가 없었다. 단단하다고 생각했던 부분에서 감춰져 있던 두려움이 드러났고, 할 수 있다고 생각했던 것들을 마음 저 밑에서는 할 수 없다고 끌어내리려 하고 있었다. 이렇게 내 진짜 마음들을 발견했다.

다른 사람과 친해지는 방법의 하나는 내면의 아픔을 꺼내 이야기하는 것이다. 상대에게 나를 그럴듯하게 포장해서 보여주는 게 아니라, 오히려 못나고 부족한 부분을 솔직하게 드러냈을 때 한층 가까워짐을 느끼는 경우가 있다. 그 과정에서 유대감이 생기고 마음을 주고받으면서 더욱 친밀한 사이가 되는데, 나와 나 자신의 관계도 딱 그랬다. 거름망 없이 있는 그대로 줄줄 쓰고 나면 본연의 내가 보였다. 가감 없이 쓴 글은 쓰는 순간에도 아프지만, 시간이 지나 다시 읽을 때도 아팠다. 글을 쓰다가 나의 작은 모습을 마주할 때면 울기도 했다. 그럴 때 아이를 안아주듯 그랬구나, 한마디 읊조리면 나는 나를 더 이해할 수 있었다. 내 이야기를 쓰면서 나는 슬펐고, 찌질했고, 행복했다. 한편으로는 포기했고, 다른 한편으로는 인정했다. 나라는 사람은 내 생각만큼 온전하지는 않았지만 꽤 괜찮은 존재, 어떤 모습이든 충분히 좋은 사람이라는 걸 알게 되었다.

존재 가치를 망실한 내게 한 줄기 빛 같았던, '글을 쓰면 나를 알게 된다'는 말은 정말이었다. 우연히 만난 한 문장 덕에 글을 쓰겠다고 다짐했고, 그날부터 4년여가 흐른 지금까지 거의 매일 글을 써 왔다. 일기, 블로그, 글쓰기 플랫폼, 출판 원고, 강의 수강생들의 글에 대한 피드백 등 다양한 형태의 글을 쓰고 또 읽으면서 살고 있다. 그때 그 문장을 어떻게 만나게 되었는지는 지금도 알 수 없다. 그러나 '어쩌면 운명이 아니었을까?' 생각하고, 힘겨운 시기에 글쓰기를 선택한 나 자신을 칭찬해 주고 싶을 만큼, 나는 글을 쓰는 지금 이 순간이 만족스럽다.

2장

첫 문장을 쓰다

첫 문장을 시작하는 일은 누구에게나 어렵다. 글을 쓰겠다고 노트를 펼치거나 컴퓨터를 켜 놓고 막상 한 문장도 못 쓸 수도 있다. 아니면 첫 문장만 쓰고 한동안 멍하니 앉아 있기만 할 수도 있다. 그러다 왜 나는 이것도 못 하나 싶어 자신을 괴롭히는 마음이 찾아올 수 있다. 또 힘들게 첫 문장을 뱉고 글쓰기에 재미를 붙였다가도 다른 사람의 글솜씨에 부러움과 질투 등을 느껴 잠시 글쓰기를 멈추게 될 수도 있다. 사는 일이 바빠 글 쓸 시간조차 내지 못하는 시기가 오기도 한다. 글쓰기가 일상이 되게 하는 과정에는 굽이굽이 '실패'라는 산등성이가 여럿 존재한다. 하지만 잠시 멈추더라도 다시 글 쓰는 자리로 돌아오는 사람은 끝내 '쓰는 사람'이 될 수 있다.

글을 꾸준히 써 본 사람은 안다. 글을 계속 써야 하는 이유를. 그것을 말이 아닌 마음으로 느낀 사람들은 계속 쓸 수밖에 없다. 그 맛을 보기까지는 오랜 시간이 걸린다. 세상에 쉽게 얻을 수 있는 건 없으니까.

우리는 글쓰기의 마법에 걸린 사람들을 많이 만났고, 우리도 그중 한 사람이 되었다.

나를 찾는 글쓰기 (김미정)

매운 새우깡

명실상부 '국민 성격유형 검사'가 된 MBTI(Myers-Briggs Type Indicator)를 비롯한 여러 성격유형 검사의 유익한 점이 있다면, 자신뿐만 아니라 다른 사람의 성격 또한 이해할 수 있다는 것이다. 성격유형 검사와 상담을 통해 서로의 다른 점을 알고 상대를 이해하게 된 연인이나 부부를 만날 때가 있다. 그럴 때마다 나의 성격 형성에 지대한 영향을 끼친 엄마와 아빠를 떠올리게 된다. 사사건건 부딪치고 다투는 부모님 틈에서 나는 마치 언제 터질지 모르는 시한폭탄을 껴안은 것처럼 늘 눈치를 보고 불안해했다. 그런 환경에서 나름의 방식으로 나를 지키며 살아내는 동안, 나는 감정을 표현하기보다 억압하고 무시하는 것을 더 편하게 느끼는 사람이 되었다. 엄마는 아빠와 싸우고 난 다음 날이면 내게 용돈을 주셨는데, 나는 그 돈으로 '매운 새우깡'을 사 먹곤 했다. 매운 새우깡의 짜고 자극적인 맛에 의지하면 잠시나마 다른 생각을 하지 않을 수 있었고, 그게 내 마음을 편안하게 해 주었기 때문이다.

엄마가 돌아가신 날에도 나는 어김없이 배가 고프다는 사실이 당황스럽고 미안해서 밥 대신 매운 새우깡을 먹었다. 아무 맛도 느껴지지 않는 것이 다행이라는 생각을 하면서…….

결혼한 지 얼마 지나지 않아 나에게도 아기 천사가 찾

아왔다. 아기를 키울 준비도 안 되어 있고 좋은 엄마가 될 자신도 없으면서, 그저 내가 '엄마'가 된다는 사실에 자꾸만 히죽히죽 웃음이 새어 나왔다. 하지만 아기 천사는 3개월이라는 짧은 시간 동안만 내 안에 머물고 떠나 버렸다. 그때 나는 그동안 먹지 않고 참았던 매운 새우깡을 다시 먹을 수 있었다.

남편과 싸우고 난 다음 날, 퇴근하고 집에 들어오는 그의 손에 검은 봉지가 들려 있으면 나는 거기에 매운 새우깡이 들어있다는 걸 짐작할 수 있었다. 그러고는 남편을 향해 슬쩍 웃어 주는 것으로 고마움을 전했다.

내가 부정적인 감정을 건강하게 표현하지 못하고 무시하거나 억압할 때마다 먹었던 매운 새우깡을 대신하게 된 것은 바로 책을 읽고 글을 쓰는 일이었다. 엄마가 그랬듯이 나 역시 일기장 속에 나만의 세계를 만들었다. 내가 원하는 새로운 이야기를 일기장에 써 내려가는 것으로 마음의 평화를 유지하려고 했다. 앞서 말했듯이 부모님은 언제 터질 지 모르는 시한폭탄 같은 존재였기 때문에 나는 늘 불안하고 두렵고 초조했다. 그런 나에게 책을 읽거나 일기장에 무엇이든 기록하는 시간은, 두렵고 막막한 현실을 피해 최대한 멀리 도망갈 수 있는 도피처이자 안전 기지가 되어 주었다. 때로는 묵은 감정의 찌꺼기들을 처리하는 쓰레기통 역할을 맡기도 했다. 읽기와 쓰기는 나에게 있어 축축하고 어두운 현실을 벗어날 수 있는 가장 현명한 방법이었다고나 할까?

맵고 자극적이라서 오히려 마음이 편안해지는 매운 새우깡에 중독되었던 것처럼, 책을 읽고 글을 쓰는 일도 그랬다. 도서관이나 서점은 자연스레 고요와 안락함을 제공하는 최적의 장소가 되었다. 버스를 타고 낙동강 다리를 건너야 갈 수 있던 서점에 정기적으로 들르게 됐다. 소설이나 시집을 뒤적거리며 이야기 속 비련의 주인공이 되어 보기도 하고, 애달픈 시구와 운율의 흐름에 나를 맡겨도 보았다. 책 속에 빠져 특별한 모험을 할 때면, 비로소 내가 살아 있는 존재 같았다.

나는 이런 일들이 평화로운 일상을 유지하는 방법이라며 능수능란하게 핑계를 댔지만, 실상 현실의 문제를 직면하지 못하고 피해 다니는 한심한 어른이 된 것에 불과했다.

다시 만난 아이

두 번째로 아기 천사가 찾아왔을 때, 나는 '좋은 엄마가 되고 싶다'라는 욕심 아닌 욕심으로 많은 육아서를 옆에 쌓아 두고 읽었다. 육아서에는 '내면아이와의 관계가 중요하다'라는 말이 심심찮게 나오곤 했다. 아이를 양육하기 위해서는 먼저 스스로를 잘 알아야 하고 한 개인으로서의 정체성 확립이 중요한데, 그때 무의식 속 내면아이와의 관계가 어떤지를 살펴보는 것이 육아의 중요한 열쇠가 된다는 말이었다. 여기서 설명하는 내면아이란, 개인의 정신 속에서 독립된 인격체처럼 존재하는 아이의 모습이라고 했다. 책을 읽을 때는 이 말에 고개를 끄덕이고 밑줄도 그어가며 동의했지만, 사실 나는 내 안에 웅크리고 앉아 울고 있을 내면아이를 마주할 생각도 용기도 없었다. 그저 완독을 목표로 열심히 읽었을 뿐이었다. 찌꺼기가 얌전히 가라앉아 있는 물병을 괜히 나서서 흔들어 대고 싶지 않았다. 처음부터 맑고 깨끗한 물이 담겼던 물병인 것처럼, 다시 말해 엄마가 되기에 아무 문제 없는 사람처럼 보이고 싶었다.

지금껏 내면아이를 외면하며 살아왔듯 앞으로 계속 이렇게 사는 것도 성숙한 어른이 할 법한 선택 중 하나라고 생각했다. 하지만 살면서 누구나 한 번쯤은 내면아이를 만나게 된다. 불면의 밤을 지내며 책을 읽고 글을 쓰던 그 조용한 시간이 내면아이와 마주하는 시간이 될 줄 어찌 알았겠

는가. 내면아이와의 만남은 예상했던 대로 찌꺼기가 가라앉아 있는 물병을 마구 흔들어 대는 일이었다. 병이 주체할 수 없이 흔들리자, 그동안 해결하지 못하고 밑바닥에 가라앉혀 놓았던 찌꺼기들이 스멀스멀 올라오기 시작했다. 병에 든 썩은 물을 버리고 새 물을 채우는 작업이 필요했다.

그런데 문제투성이 현실에서 도피하기 위한 방법이 책 읽기와 글쓰기였던 것처럼, 두렵고 불안한 감정을 억누르며 평화를 유지하고자 했던 내면아이를 위로하고 안아주었던 방법 역시 그 두 가지였다. 다만 이번에는 어두컴컴한 도피처가 아니라 밝은 빛 가운데로, 꼭꼭 숨으려고만 했던 어린 시절의 나를 다시 환한 밖으로 꺼내 준 것이다.

마치 모두가 시대적 사명을 받은 것처럼 글쓰기에 관한 책이 매일 같이 쏟아지고 있다. 나는 시대에 뒤처지면 안 될 것 같아 새 책이 나오기만 하면 탐독하기에 바빴다. 어떤 비법이 적혀 있는지 당장 읽어야 한다는 조급함 때문이다.

글쓰기 책에서 한결같이 말하고 있는 비법은 '나다움'을 찾는 것이었다. 나다움을 찾는다는 것은 자신의 고유한 성격과 특징을 알고, 좋아하고 잘하는 것은 무엇인지, 어떨 때 기쁘고 어떨 때 화가 나는지 등 자기만의 독특한 정체성을 정립하는 것을 뜻한다. 달리 말해, 내 정체성의 '이름'을 지켜야 한다는 뜻이었다.

이름의 의미

문득 정신을 차리고 보니 깊은 산속에 들어와 있었다. 분명 일행이 있었으나 그들을 놓친 채 길을 잃은 지 오래였다. 아니, 어쩌면 처음부터 나 혼자였을지도 모를 일이다. 그도 그럴 것이 나는 크고 작은 해바라기가 그려진 원피스 잠옷 차림에 맨발이었다. 방향 감각마저 잃고 아까부터 계속 같은 곳만 빙빙 맴돌고 있으면서도 이상할 만큼 당황하거나 불안해하지 않았다. 오히려 만나기로 약속한 사람이 금세 짠, 하고 나타날 것 같은 기대감에 잔뜩 부풀어 있었다.

그때였다. 낮은 수풀 사이에서 작게 부스럭거리는 소리가 들리는가 싶더니 이내 무언가의 발굽 소리로 변했다. 그런데 그 정체를 파악하기도 전에 소리의 근원이 풀썩 뛰어올라 내 품에 안기는 것이 아닌가! 그것은 부드럽고 폭신폭신한 연갈색 털을 가진, 자그마한 새끼 멧돼지였다.

이 이야기는 십여 년 전 내가 꾼 딸아이의 태몽이다. 이 꿈은 주변 사람들로부터 뭇매를 맞은 태명의 근거가 되었는데, 그도 그럴 것이 아이의 태명이 '멧똥이'었기 때문이다. 나는 잠에서 깨자마자 이것이 기다리고 기다리던 태몽이라는 것을 느꼈고, 누가 말릴세라 앉은 자리에서 태명을 정해버렸다. 아직도 아이는 종종 태몽 이야기를 해달라고 조른다. 태몽을 들려주다 절정 부분이라고 할 수 있는, 새끼 멧돼지와 만나는 장면에 다다르면 나도 모르게 감정이 벅차오르고 새삼 아이의 존재가 신비롭게 느껴지기도 한다.

멧돼지는 운명이었으니까 아이 태명은 '멧똥이'라고 지을 수밖에 없었지만, 평생 불리고 듣게 될 이름만큼은 민망하지 않고 예쁜 것으로 짓고 싶었다. 그래서 사주와 음양오행, 성명학을 기반으로 좋은 이름을 지어준다는 작명소를 지인들에게 소개받기도 했다. 하지만 그럴수록 남편과 나는 직접 이름을 지어 주고픈 마음이 더 커졌다. 그리하여 아이는 '새벽빛'이라는 뜻의, 부르기도 좋고 듣기도 좋은 이름을 가지게 되었다.

뜬금없이 태몽 이야기를 꺼낸 것은, 나의 글쓰기 역시 이름 짓기에서부터 시작됐기 때문이다. 아무 이름이 아니라 '나다움을 겸비한' 이름을 짓는 과정은 나에 대한 새로운 발견의 연속이기도 했다.

나는 줄곧 아날로그 방식의 글쓰기를 선호했기에 자연스레 집에 많은 노트가 쌓였다. 설레지 '않으면' 버리라는 곤도 마리에(近藤 麻理惠)의 말을 따라 아직 설렘을 간직하고 있는 노트들을 사수하면서, 제 방에 왜 엄마 책과 노트가 더 많냐는 아이의 투정과 정리 좀 하면서 살자는 남편의 따가운 한마디를 꿋꿋이 견뎠다. 하지만 최근 이 노트들이 여전히 나를 설레게 하면서도 다른 한편으로 천덕꾸러기 신세가 된 것은, 글쓰기 공간이 노트에서 온라인 플랫폼으로 바뀌었기 때문이다.

디지털 기기로 하는 글쓰기는 늦게 배운 도둑질처럼 시간도 잘 가고 재미가 있었다. 글을 썼다가 바로 깔끔하게 지울 수 있다는 점, 책에서 만난 문장을 그때그때 옮겨 쓰기 편하다는 점, 축적되는 기록을 한눈에 볼 수 있다는 점 등이 마치 쪽수가 무한한 요술 노트에 글을 쓰는 것처럼 느껴지게 했다. 또 내가 읽은 책에 관해 다른 사람들의 감상을 쉽고 빠르게 비교 분석할 수도 있었다. 이런 경험을 하다 보니 나도 노트에 남겼던 기록을 블로그에 올려서 많은 사람과 나누고 싶다는 생각이 들었다. 그래서 대학생 시절 과제 제출용으로 만들었던 계정을 사용하기로 했는데, 막상 블로그를 개설하려고 하니 '닉네임'이 눈에 거슬렸다. 이름에서 따온 이니셜에 학번을 대충 조합한 촌스러운 이름을 지우고 내 이상과 비전이 담긴 새 이름을 짓자고 결심했다.

태어난 아이를 보며 그 존재 자체로 기뻐하고 앞으로 살아갈 날들에 대해 축복하는 마음을 담아 정성껏 이름을 지었던 것처럼, 내 닉네임도 그렇게 만들고 싶었다. 닉네임으로 표상되는 자아가 온라인에서 제2의 내가 되어, 나의 일상과 일탈, 비전, 그리고 마침내 꿈을 이루는 모습을 보여주도록 만들고 싶었다. 그런데 아, 닉네임도 아이의 태명이 떠올랐던 밤처럼 꿈에서 계시받을 수 있다면 얼마나 좋을까. 물론 그럴 리 만무하니 어떤 이름으로 지으면 좋을지 몇 날 며칠을 끙끙대며 고민하게 됐다.

우선은 블로그에 어떤 글을 쓰고 싶은지 생각해 보려는데, 그러려면 내가 무엇을 잘하고 좋아하는지부터 알아야 했다. 내가 좋아하고 잘하는 것을 고민했더니 궁극적으로 내가 하고 싶은 일이 무엇인지, 앞으로 남은 시간을 어떤 사람으로 살고 싶은지를 깊이 성찰하게 됐다. 예상치 못했던 고민에 빠진 나는, 어떠한 유혹에도 흔들리지 않는다는 나이 마흔에 정체성 혼란을 겪기까지 했다. 현재의 나와 내가 꿈꾸는 나의 거리가 너무나 멀게 느껴졌기 때문이다. 내가 아직 진로를 결정하지 않은 학생이었을 때 자신을 관찰하고 탐색해 보았다면 이런 때늦은 방황은 없지 않았을까? 뒤늦게 후회도 했지만, 더 늦기 전에 나에게 이러한 시간이 찾아온 것에 감사하기로 했다.

오랜 고민과 성찰 끝에 내가 선택한 이름은 '빛그루'였다. '빛나는 열매가 열리는 나무 한 그루'라는 뜻을 담았다. 그 후 내가 좋아하는 것들, 즉 '낭독'과 '필사'라는 단어를 적절히 섞어 최종적으로 '낭만필사 빛그루'가 나의 또 다른 이름이 되었다.

'나답게' 써 내려갈 용기

우혜진

글쓰기에 관한 강의를 할 때마다 내용은 조금씩 바뀌지만, 시작할 때 건네는 질문과 마지막으로 전하는 응원의 말은 정해져 있다. 수강생에게 나를 소개하고 강의로 넘어갈 때, 나는 첫 마디를 이런 질문으로 시작한다. "왜 글을 쓰고 싶으세요?" 때로는 힘들고 두려운, 나의 일부까지 드러내야 하는 이 고단한 작업을 왜 하고 싶은지, 그 이유가 분명해야 하루 이틀 끄적이는 일을 넘어서 '쓰는 사람'이 될 수 있다고 믿기 때문이다.

글을 쓰다 보면 때로 지루하기도 하고 눈에 보이는 성과 없이 지지부진한 때도 있다. 자리에 앉자마자 쓸 이야기가 주르르 쏟아져 나오면 좋겠지만, 그런 날은 백 번 중 한두 번 있을까 말까 하다. 쓰는 시간 대부분은 첫 줄을 써 두고 멍하니 모니터만 바라보거나, 원하던 만큼의 양과 질을 갖춘 결과물을 얻지 못하고 끝이 난다. 내가 쓰고 싶은 글과 실제로 쓴, 별 볼 일 없는 글 사이의 괴리감은 예사요, '내가 뭐라고 이걸 쓰고 있나' 싶은 자격지심은 늘 찾아온다. 나를 더 자세히 알고 표현하고 싶다는 욕망 하나로 시작한 일이 오히려 나를 더 작아지게 만들곤 한다. 이 느리고 험난한 과정을 겪으면서 글을 쓰는 시간을 사수하려는 노력은, 웬만한 마음가짐으로 이루어지기 어렵다.

자신이 왜 쓰고 싶은지를 알고 있고, 쓸 수밖에 없는 이유가 명확한 사람은 글쓰기를 지속할 확률이 높다. 그런 사람은 수시로 찾아오는 권태감도 어떻게든 이겨내 보려고 애쓴다. 타인에 의한 동기 부여에는 한계가 있으므로, 스스로 이유를 찾아야 한다.

한편 강의를 끝낼 때 빼먹지 않고 덧붙이는 것은, "이기적으로 쓰세요"라는 말이다. 일상에서 우리는 타인을 배려하며 산다. 아이들, 부모, 남편, 친구뿐만 아니라 나와 마주하는 모든 사람과의 사이에서 보통 나보다 상대방을 먼저 생각하기 마련이다. 기본적인 예의는 지키는 게 당연하지만, 상대를 생각하는 마음보다 나를 들여다보는 마음이 작아 단단한 내면을 만들지 못할 때도 많다.

글을 쓰는 일은 나를 쓰는 일이다. 글은 곧 그 사람이다. 글의 문체, 사고방식, 어떤 경험을 바라보는 고유한 시선까지, 모든 것이 그것을 쓴 사람과 닮아있다. 글을 쓸 때만큼은 다른 누구보다 나를 생각하며 써야 한다. 쉽지 않겠지만, 해내면 좋겠다. 내 글이니까 누구의 눈치도 보지 않고, 내 글이니까 나에게 집중하며 써 보자. 그게 결국 우리가 글을 쓰는 이유이자, 써야만 하는 이유니까.

내가 나를 알고 싶어 우연히 시작한 글쓰기를 지금까지 이어오고 있는 이유는 단지 '나' 때문이다. 머리 어딘가가 막힌 것처럼 답답함이 밀려오는 날에는, '내가 요즘 쓰지 않았구나' 하고 자연스럽게 생각한다. 쓰는 일은 나에게 해방감을 느끼고 생각을 정리할 수 있는 시간을 주었다. 쓰면서 얻는 기쁨이 있기에 계속 쓸 수 있었고, 글로 인해 이어진 관계나 '위로를 받았다'는 댓글 등 쓰고 나서 얻는 행복이 있기에 또 쓸 수 있었다. 글을 쓰며 감사함을 더 많이 느끼는 이유도 결국 남이 아닌 나를 위해, 이기적으로 써 내려갔기 때문이다.

글 한 편? 아니, 책 한 권부터!

나의 첫 문장은 출판 원고에서 시작되었다. 책을 쓰는

일은 내 이름을 되찾는 과정과 마찬가지였다. 4년 전의 나는 글이라고는 써 본 적도 없고 작가라는 단어와도 거리가 먼, 두 아이를 기르는 평범한 엄마였다. 책 쓰기는 30대 중반에 이르러, 단지 '나를 알고 싶다'라는 생각에 시작한 일이었다. 책은 독자가 분명해야 하고 그 한 사람을 생각하며 아주 구체적으로 써야 한다던데, 나는 지극히 나를 위해서만 썼다. 큰일을 계획도 없이 일단 시작했으니 그런 공식은 애초에 챙길 수도 없었을 것이다.

누군가는 책을 내는 것이 평생의 소원이라며, 언젠가 한 번은 자기 이름으로 된 책을 갖고 싶다고 말한다. 출간을 꿈꾸는 사람들에게 '언젠가'가 아니라 '지금 당장'이라도 가능하다고 나의 경험을 전해주면서도, 나는 왠지 모르게 작아졌다. 많은 사람이 책의 저자가 되는 일에는 높은 벽이 있다고 생각하는데, 나는 이 '저자 되기'를 조금 충동적으로 진행했기 때문이다. 글을 써 본 적도 없던 내가 곧장 책을 출간할 수 있었던 이유는 내가 대단해서가 아니다. 내 존재의 의미를 찾는 일만을 발등에 불 떨어진 듯 생각하느라 '내가 무슨 책을 내' 같은 생각조차 할 여유가 없었기 때문이다.

내가 책을 내는 것 자체를 높은 목표, 일생에 한 번 있을까 말까 한 일이라고 여겼다면, 출간에 성공하지 못했을 가능성이 크다. 지나고 생각해 보니 그렇다. 책을 쓴다는 것이 결코 만만한 작업은 아니지만, 그렇다고 초보자가 해내지 못하리라는 법도 없다. 누군가에게 도움이 될 만한 이야기가 정확하게 있고, 묵묵히 원고량을 채워나가는 데 집중하면 누구나 해낼 수 있다. 잘난 '스펙'이나 경험도 없던 내가 해낸 것이 그 증거다.

훗날 나더러 배짱이 좋다고 이야기하는 사람들에게 나는 배짱 대신 간절함이 있었다고 대답했다. 그러면서 어떻게 쓰지 않고 잘 살아가냐고, 그런 사람들이 오히려 부럽다고 반문하기도 했다. 간절함은 무엇이든 이겨낼 수 있는 강력한 무기다.

막상 책을 쓰고 나니 많은 사람에게 읽혔으면 좋겠다는 바람이 생겼다. 누군가 나처럼 엄마로서만 살아가는 삶에 지쳐있지 않을지, 그 사람들이 읽었으면 하는 소망을 어떻게 실현할지 고민했다. 모르는 사람에게 서평을 요청하기도 하고, '북튜브' 채널을 운영하는 분에게 책 소개를 부탁하기도 하고, 어디서 '북토크'를 열 수 있을지 찾아보기도 하며 책을 알리는 일에 집중했다. 그러던 중 어느 서점 사장님에게 들었던 말은, 지금도 생생하게 마음에 남아있다.

"고작 책 한 권 내고서 무슨 북토크를 한다는 건지."

그 말은 내 행동, 심지어 정신까지 멈추게 했다. 책을 쓰는 일이 얼마나 애를 써야 하는 일인데, 서점 주인이 그런 것도 모르는지. 쓴 책이 딱 한 권뿐인 사람이라도 할 이야기가 있으면 하고, 내 책을 읽어보라고 권할 기회를 주어야지 않겠는가. '고작 책 한 권 낸' 사람은 조용히 두 번째 책이나 준비하라는 것인지. 앞에서는 아무 말도 못 하고 뒤늦게 불평을 쏟아냈다.

사실 책을 내고 난 후 '작가'라고 불리는 것에 거부감이 들기도 했다. 내 이야기를 쏟아내고 싶다는 개인적인 이유로 글을 썼을 뿐인데, 책이라는 결과물 덕분에 그런 호칭을 부여받은 것이 어색했다. 살면서 듣게 되리라고는 한 번도 생각해 보지 못한 '작가'라는 호칭 앞에서, 내가 할 수 있고 해야 할 일은 그저 계속 쓰는 일이었다. 작가는 글을 쓰는 사람이 아닌가. 앞으로도 그렇게 불리고 싶다면, 부지런히 쓰는 수밖에.

나의 장점은요

어느 날, 온라인 글쓰기 강의에서 글감을 제시하던 중이었다. 나는 매주 다양한 주제를 통해 자기 내면과 마주하기를 바라는 마음을 담아 글감을 결정한다. 그날의 주제는

‘나의 장점’이었다. 우리는 사실 자신의 장점을 잘 이야기하지 않는다. 아예 그것을 생각해 보지도 못한 채 살아가는 사람도 있다. 장점을 쓰라고 하면 청개구리처럼 단점만 수두룩하게 떠오른다. 반갑지 않지만 낯익은 단점이 가장 먼저 얼굴을 내민다. 이대로 단점을 쓰라고 하면 백만 가지도 쓸 수 있을 것 같은데, 갑자기 장점을 이야기하라고 하니 한숨도 나오고 펜은 어디로 갈지 길을 잃어버린다.

그래서 더욱 이 주제를 제시하고 싶었다. 평소 본인의 장점을 생각해 보고 다른 사람들에게 이야기할 기회가 없으니 이 시간을 통해 한번 글로 써 보자는, 다소 강제적이기도 한 글감이었다. 어렵다고 생각할 게 당연하지만, 자신이 지닌 장점이 얼마나 많은지 스스로 알아내고 돌아볼 기회가 되었으면 했다. 장점이 없는 게 아니라 제대로 들여다본 적이 없어서 몰랐을 뿐이라는 사실을 알게 하고 싶은 마음도 있었다. 그래도 글감에 대한 거부감이 들 수 있기에 의도를 먼저 설명하고 글을 쓸 시간을 제공했다. 그때, 갑자기

한 분이 대화 창에 글 하나를 올리고 사라져 버렸다.

"제대로 떠오르는 장점이 하나도 없어서 불편한 감정만 듭니다."

나는 이 글감을 던진 나를 원망했고, 그분에게 미안했다. 대화 창에 올린 글을 그대로 써도 됐을 텐데. '나는 장점을 제대로 생각해 본 적이 없었다'라고. 아니면 이왕 글쓰기 수업에 참여한 김에 본인의 이쁜 구석 하나쯤 찾아보려고 애써도 됐을 텐데. 아쉬웠다. 막상 장점을 말하자니 쑥스러워서 그랬을까? 분명 글을 쓰고 싶어서 이 강의를 신청했을 텐데 말이다.

다른 분들은 그분이 사라졌는지도 모르고 글쓰기에 집중하고 있었지만, 나는 아무것도 할 수가 없었다. 그분은 지난주에도 강의를 들은 뒤 글쓰기 시간에 말없이 사라졌기 때문에 어쩌면 글감이 원인이 아니었을지도 모르겠다. 글을 쓰고 싶긴 한데, 그것을 공유하는 것에 큰 두려움을 느꼈던 게 아닐까 싶다. 나는 한 명이 사라진 화상 회의실 화면을 멍하니 바라보았다.

이 세상은 사람의 장점보다 단점을 부각하는 면이 있다. 겸손함이라는 틀에 맞추어, 장점을 인정하지 않으며 살아간다. 나의 장점을 상대방이 언급하며 칭찬을 건네면 우리는 손사래를 친다. 심하면 칭찬한 상대가 민망해하는 때도 있다. 그게 옳다고 배웠다. 남이 해 주는 칭찬도 멋쩍어하며 부정하기 일쑤인데, 직접 장점을 말하자니 쉽게 떠오르지 않는 것이 당연하다. 이런 상태로 '나'라는 존재를 어떻게 찾을 수 있을까. 많은 용기가 필요한 일임에 틀림없다.

장점과 단점, 이 두 가지는 사실 하나다. 단어는 나뉘어 있지만, 가만히 들여다보면 둘 사이를 잇는 희미한 선 하나가 보인다. 사실 그 어느 것에도, 순도 백 퍼센트의 단점은 없다. 한 남자를 만나 결혼을 하고 함께 살아 보니, 장점이라고 생각했던 부분이 단점으로 바뀌는 경우가 많았고 그 반대도 마찬가지였다. 생각하기 나름이다. 우리에겐 많은 장점이 있다. 아직 발견하지 못했을 뿐이다. 나 역시 글을 쓰면서 나의 장점을 발견했다. 자신의 장점을 찾는 일은 용기도, 시간도 많이 필요한 일이어서 인내심을 가져야 한다는 사실을 늦게나마 알게 되었다.

나의 첫 문장이 우리의 첫 문장이 되기까지

엄마라는 역할을 맡게 된 시점부터 찾아온 질문들은, 책을 읽고 글을 쓰면서 서서히 내 안에서 사라졌다. '글쓰기는 치유'라고 하던데, 글쓰기가 정말로 나를 살리고 있다는 걸 깨달았다. 쓰는 일에 익숙해지고 나니, 또 다른 쓰는 사람을 만나보고 싶었다.

책을 내고 나서 독서 모임, 글쓰기 모임, 강의 등으로 글쓰기에 관심 있는 사람들과 자연스럽게 연결되었다. 이제 막 글을 써 보고 싶어져서 모임을 찾은 사람, 글과 글쓰기를 좋아하면서도 막상 빈 종이를 마주하면 한 글자 쓰기도 버겁다는 사람, 꾸준히 쓰고 있지만 쓸수록 어렵게 느껴진다는 사람까지. 글을 쓰는 마음의 온도가 다른 다양한 사람들을 만났다. 세상에 글을 쓰고 싶어 하는 사람이 이렇게 많았다니, 글을 잘 쓰고 싶다는 욕망을 가진 사람을 만날 때면 내가 가진 모든 지식을 전수하고 싶었다. 쓰는 사람으로 살다 보니 눈에 보이는 이들도 온통 글 쓰는 사람으로 가득했다.

그들은 마치 몇 년 전의 나 같았다. 특히 '엄마'로서 사는 현재를 조금 더 여유 있고 편안한 시선으로 마주하고 싶다는 이야기를 들을 때면 공감이 절로 일어났다. 내 감정은 책을 쓰며 안정권에 들어섰는데, 책을 내고 난 후 만난 사람들은 아직 저마다의 질문으로 감정이 요동치고 있었다. 저마다 조금씩 차이는 있었지만, 모두가 흔들리는 마음을 글 위에 꾹꾹 눌러 담고 있었다. 정확히 같은 문장으로 쓰이지 않았어도 '나'로 살고 싶은 마음, 원하는 일을 해내고 싶은 마음이 글 여기저기에 묻어났다.

글쓰기로 연결되는 사람이 많아질수록 점점 그들과 함께 쓰고 싶어졌다. 글쓰기가 생각만큼 힘들고 두려운 것이 아니라는 사실을 알려 주고 싶었다. 쓰다 멈추더라도 다시 쓸 수 있고, 계속 쓰다 보면 있는 그대로의 나로 살아갈 수 있다는 걸 경험할 수 있게 하고 싶었다.

글을 써 보겠다는 충동은 어떤 신호일까?

잘 살고 있다고 생각했던 삶에 갑자기 무언가를 써야겠다는 생각이 찾아오는 건, 거리를 걷다가 본 옷이 예쁘다고 계획에 없는 소비를 저지르는 것처럼 충동적인 마음이 절대 아니다. '나도 글을 써 봐야겠다'라는 생각은 현재 삶과 생각에 불만이 생겼다는 징후이자, '일단 멈춤'에 해당하는 강력한 신호이다. 그것은 자기 내면을 채우고 싶은 시기가 왔음을 의미한다. 보이는 것보다 보이지 않는 것에 관해

관심이 생겼고, 자신에게 어떤 것이 더 의미 있는지 스스로 가늠해 보면서 자신만의 생각을 언어로 정리해야 할 시점이란 뜻이다. 내가 어느 날 갑자기 글을 써 보겠다는 마음을 먹고 시작해 여기까지 왔듯이, 인생의 전환점이 될 수도 있는 그 시작점에서 내가 도움을 줄 수 있다면 시간도 열정도 기꺼이 내어주고 싶었다.

그러나 그때의 나는 고작 책 한 권 내 보았고, 매일 글쓰기를 시작한 지도 겨우 1년을 넘긴 게 전부였기에, 내가 어떻게 남이 글 쓰는 걸 돕겠냐는 생각 때문에 모임 개설이 망설여졌다. 함께 쓰자는 말을 입 밖으로 내뱉기까지 몇 개월이 걸렸다. '이렇게 좋은 걸 혼자 하지 말고 함께 하자'는 마음으로 글 친구를 찾아 나섰다.

그렇게 글쓰기 모임 '엄마의 첫 문장'을 열었다. '첫'이라는 단어가 주는 설렘처럼, 글을 쓰는 일이 숙제처럼 부담스럽기보다는 즐겁고 설레는 것이기를 바랐다. 나에게 글쓰기가 그러하였듯 말이다. 쓰면서 느끼는 즐거움을 함께 공유하고 싶었다. 이제 겨우 시작점, 첫 문장을 쓰는 거니까 누구든 부담 없이 함께하자는 바람까지 넣고 나니 '엄마의 첫 문장'이라는 이름은 나의 모임에 딱 맞았다.

그 후 1년간 모임을 운영하면서 엄마이자 '나 자신'으로 존재하는 사람들을 많이 만났다. 자기 자신이 아닌 엄마로서만 존재할 때 우리는 흔들릴 수밖에 없었다. 나를 위해서도 아이를 위해서도, 나라는 존재를 더 잘 알아야 했다. 평온하지 못한 나를 채찍질하고 늘 채워지지 않는 무언가를 찾아 헤매는 사람이 나만이 아니라는 사실을, 서로를 통해 확인하고 위로받을 수 있었다.

매일 아침 모임원들을 위해 글감을 배달했다. 쓰는 이들은 공통된 질문을 받았지만, 세상에 하나뿐인 이야기를 써 내려갔다. 툭 하고 가볍게 던진 질문이 누군가에게는 깊숙이 묻어 두었던 비밀을 꺼내는 계기가 되었고, 처음 써 보는 글이라고 걱정한 것에 비해 글이 잘 써져서 몰랐던 재능을 발견하기도 했다. 모임에 공유할 글이기에 일기장에 휘갈기듯 속을 온전히 뱉어내기는 어려웠지만, 평소 생각하지 못했던 질문과 그 답을 찬찬히 찾는 과정에서 자신의 새로운 면을 찾기도 했다.

모임원들은 활동이 끝난 후 더 이상 글감이 도착하지 않는다는 사실에 서운해하기도 하고, 다양하고 생소한 질문들에 답하며 자신을 차츰 알아가게 되었다는 피드백을 주었다.

내 글을 넘어 타인의 글을 끌어내는 일, 글쓰기 모임을 운영해 본 경험은 사실 모임원들보다 나에게 더 도움 되는 일이었다. 모임을 이끄는 사람이기에 더 부지런히 써야 했고, 나의 이야기와 비슷한 듯 다른 이야기를 들으며 공감하고 소통할 수 있었다. 무엇보다 큰 소득은, 오랜 시간 함께 써 나갈 글 친구를 사귈 수 있었다는 점이다.

모임은 끝이 났어도 그 안에서 인연을 맺은 글 친구들

과 지속해서 서로의 글쓰기를 응원하다 보니, 우리의 이야기를 하나로 엮은 책을 상상하게 됐다. 우연히 시작된 '나의' 첫 문장은 이렇게 '우리의' 첫 문장으로 연결되었다.

은은한 뚝배기처럼 오래도록 (강하나)

글쓰기 모임 찾아 삼만 리

작가라는 이름으로 불리고 강의를 나가는 멋진 미래를 꿈꾸며 글을 써야겠다고 결심한 내가 처음 실천한 것은, 글쓰기 모임을 찾는 일이었다. 글쓰기를 시작하기 위해 꼭 모임에 들어갈 필요가 있는지 의문이 드는 사람도 있을 것이다. 관련 학과를 나오지 않으면, 모임에 들어가지 않으면 글을 못 쓰는 걸까? 그렇지는 않다. 나의 경우, 무언가를 혼자서 하기보다는 모임에 들어가 여럿이서 같이 해야만 의지가 꺾이지 않고 오래 이어갈 수 있었다. 또 스스로 어느 정도 수준에 이르렀다고 만족하기 전까지는 자신감이 생기지 않아서, 시작하는 것부터 두려워하는 성격이기도 했다. 그래서 '모임장'의 지휘 아래, 학생처럼 배우면서 차례차례 단계를 밟아나가는 게 나와 잘 맞는 방법이었다. 혼자서 글을 쓰고 책을 출간하는 사람들도 있으니, 글쓰기 모임에서부터 시작하는 건 나와 같은 성향을 지닌 이들에게 적절할 수 있는 방법 정도로 여겨주면 좋겠다.

나는 2021년 1월부터 온라인 글쓰기 모임에서 활동했다. 서울의 유명 글쓰기 아카데미 같은 곳에 찾아가기엔 경제적 여유도 없었거니와, 대중교통을 이용해서 지방과 서울을 왕복할 것도 막막했다. 그런데 내가 모임을 찾던 때는, 마침 코로나19로 인해 온라인 모임이 많아지던 시기였다. 시간을 단축하고 거리를 초월하니 모임에 드는 비용도 덜

부담스러웠다. 나는 매월 모임에 참여해 글을 썼다. 어떤 때는 두 모임을 병행하기도 했다. 모임을 선택하는 기준은, 책을 내 본 경험이 있는 사람이 모임장으로 있는지와 내가 지출하기에 회비가 적정한 수준인지였다.

처음에 들어간 모임의 목표는 '글 쓰는 힘 기르기'와 '내가 쓴 글 공개하기'였다.

"글을 꼭 공개해야 해요? 공개하지 않으면 안 되나요? 처음 쓰는 건데 너무 부끄러워요."

한목소리로 외치는 우리에게 모임장은 글을 공개하는 일의 중요성을 알려주며 SNS를 활용하라고 하였다. 그리고 처음 글을 써 보는 단계이기 때문에 쓰는 중간에 힘들다고 쉽게 포기해 버리면 안 된다면서, 어떤 내용이든 상관없이 짧은 글이라도 일주일에 세 편은 꼭 쓰라고 했다. 그런 다음 자신감이 생기면 주 5회 글쓰기에 도전할 것을 권했다. 일기인 듯 아닌 듯 오묘한 글을 쓰면서도 매번 글을 전체 공개로 올리다 보니, 남에게 초라한 내 글을 내보이는 두려움이 조금씩 줄어들었다.

다음에는 '주 5회 글쓰기' 모임을 찾았다. 이 모임은 모임장이 글감을 제공한다는 특징이 있었다. 글이 더 이상 일기에 머무르지 않게 하려면 한 가지 주제를 잡아서 글을 쓰는 게 좋다는 걸 알았다. 모임에서 글감을 제공해 주니 매일매일 소재를 찾기 위해 머리를 쥐어뜯는 수고를 하지 않아도 되었다. 이런 방식의 모임이 가진 장점은 다음과 같다.

같은 글감을 활용하니 다른 모임원의 글에서 비슷한 내용이 나오면 서로의 공통점을 발견한 것처럼 재미있다. 반대로 내용이 내 것과 다르면, 같은 소재를 두고도 이렇게 다양한 글이 나올 수 있다는 점에서 생각의 한계선이 넓어졌다. 이 모임에서는 다른 이의 글을 읽고 댓글을 남기며 응원하는 과제를 주었는데, 그 덕에 따로 책을 읽지 않아도 꾸준히 에세이를 접할 수 있었다.

이렇게 글쓰기 모임을 몇 달 하고 나니 소재를 찾는 어려움이 줄어들었다. 소위 '집순이'로 살고 있어서 쓸 게 없다고 한숨 쉬던 게 엊그제 같은데, 어느새 하루하루가 즐거워졌다. 생활의 모든 게 다 소재가 되었다. 무엇을 보거나 들으면 '오늘은 이걸로 글을 쓰면 되겠네' 하면서 기뻐하는 나를 마주하게 되었다. 기성 작가들이 일상적으로 소재가 떠오를 때마다 메모장에 적어 둔다는 것처럼 말이다.

'주 5회 글쓰기' 모임을 마친 나는 다음 단계로, '매일 글쓰기' 모임에 들어갔다. 이 모임은 매일 시간을 내서 글을 쓰는 것을 목표로 운영되었다. 쓰기 싫은 날도 있다는 핑계로 하루 이틀 작업을 쉬는 건, 이 모임에선 있을 수 없는 일이었다. 이렇게 글을 쓰다 보면 하루 중 어느 시간에 글이 잘 써지는지 알게 되고 점점 글 쓰는 패턴이 잡히는데, 그것을 꾸준히 유지하며 글쓰기를 습관으로 만드는 게 모임의 또 다른 목표였다. 길든 짧든 글 한 편을 매일 써내는 일은 이른바 '글쓰기 근육'을 키우는 데 도움이 되었다.

내 글을 남에게 공개하기, 주 3회부터 주 5회, 주 7회로 넘어가는 글쓰기, 비교적 짧은 분량의 글쓰기, 글감을 받는 것으로 시작해 직접 소재를 찾아 쓰기까지. 이것은 모두 글쓰기 근육을 키우기 위한 훈련과도 같았다. 평소 진득하게 앉아서 공부해 보았어야 시험공부도 할 수 있는 것처럼 말이다. 글을 꾸준히 써 본 경험이 없던 내가 글쓰기 모임 덕분에 매일 정해진 분량을 쓰게 됐다. 이렇게 하니 어느 정도 자신감이 차올랐다. 한때 자괴감에 빠졌던 내가, '사실 나는 아무것도 못 하는 사람이 아니었다'라는 사실을 깨닫게 되었다. 글쓰기라는 행위를 통해 매일 나를 관찰하며 돌아보고, 세상을 바라보며 사유한 결과였다.

일상은 늘 똑같았다. 매일 반복되는 집안일로는 성취감을 느끼지 못했고, 고맙다는 말이나 내가 좋다는 말을 들어도 자존감이 높아지지 않았다. 하지만 글쓰기는 달랐다.

가족의 응원이 없어도, 아니, 아예 내가 글 쓰는 걸 알지 못해도 SNS 등에 글을 올리면 뿌듯했다. 글을 써도 언제까지나 초보 단계에 머무를 줄 알았는데, 시간이 흐른 뒤 읽어보니 나의 글은 처음에 비해 조금은 나아져 있었다. 변화가 유의미하게 드러나는 걸 발견했을 때의 희열은 이루 말할 수 없는 정도였다. 상대방의 평가가 아니라 나 자신이 기준이 되는 만족감으로 하루를 보낼 수 있게 되었다. 타인이 아니라 내가 스스로를 인정하면서, 낮은 자존감이 회복되기 시작했다.

글쓰기에도 단계가 있다

나의 글쓰기 여정을 단계적으로 나누어 보자면, 처음 1단계는 일상을 관찰하여 글감을 찾고 비교적 짧은 분량의 글을 쓰는 정도였다. 그것에 어느 정도 익숙해지니 그간 모임을 찾으면서 내가 들어가기엔 어렵게 보였던 곳들에 도전하고 싶어졌다.

2단계에 참여한 모임에서는 매일 글을 써야 하는 건 기본이고, 매주 부여되는 과제도 있었다. 과제를 위해서는 평소보다 긴 글을 써야 했는데, 지난 단계에서 썼던 글의 두 배가 넘는 분량을 뽑아내야만 했다. 500자에서 1,000자 분량의 글을 쓰기는 어렵다고 느끼지 않았는데, 1,000자에서 2,000자 이내로 글을 쓰기 시작하니 한 페이지가 너무나도 크게 보였다. 아무리 글을 써도 아래에 있는 여백은 줄어들 기미가 없었다. 기성 작가들은 한 꼭지마다 3,000자 정도의 글을 쓴다는 걸 떠올리며 몸서리쳤다.

이 당시 모임에서는 장문의 글을 쓰는 동안 과제 수행 여부에 따른 포상과 벌금을 활용했다. 주어진 과제를 지키면서 매일 글쓰기에 성공하면 소정의 포상금을 얻는다. 반면 정해진 횟수 이상으로 매일 글쓰기 규칙을 어기면 벌금을 낸다. 각자의 성향에 따라 다르게 받아들일 텐데, 나의 경우에는 돈이 걸린 일이라 이 방식이 긍정적으로 작용했다. 벌금을 내면 돈이 아까우니까, 미루지 않고 매일 정해진 시간에 글을 썼다. 벌금이 글쓰기 습관을 형성하는 동력이 된 것이다. 만약 자신에게 포상금을 받는 기쁨이 벌금을 낼 때의 아쉬움보다 크게 작용한다면, 그 기쁨을 동력으로 삼으면 된다. 이렇듯 상벌 규칙을 가진 모임을 선택하면 과제를 수행하는 글쓰기가 어렵지 않게 될 것이다.

꾸준히 글을 쓰는 습관이 잡히면, 처음에는 '오, 내가 이렇게 꾸준히 쓰다니!', '나에게도 대작가가 될 가능성이 있어!' 같은 생각을 하며 환희를 만끽한다. 하지만 어느 정도 시간이 지나면 정체기가 찾아왔음을 느끼게 된다.

'이럴 수가. 내 글은 나쁘지도 않지만 그렇다고 아주 좋지도 않아. 이걸 어떻게 고쳐야 하지?'

이때부터 3단계에 접어들고, 퇴고가 필요해진다. 초고

를 쓰는 것만큼 중요한 게 퇴고라는 건 글을 어느 정도 쓰는 이들이라면 잘 알고 있는 사실이다. 그러나 내가 쓴 글을 지워버리는 것은 결코 쉽게 결정할 일이 아니다. 사람이 물건 하나를 버릴 때도 신중히 처리하는데, 하물며 머리를 쥐어뜯으면서 쓴 반짝이는 단어와 문장을 과감히 버리라니. 아까운 건 다들 마찬가지일 것이다.

하지만 글을 읽는 건 최종적으로 내가 아닌 타인이다. 독자는 간결하고, 명확하고, 핵심이 잘 드러나는 글을 원한다. 그들은 내가 차마 버리지 못한 문장들을 보면서 '이 글은 왜 이렇게 안 읽혀?' 하며 답답해할 것이다. 그 모습을 상상하면, 아까워하지 말고 열심히 고쳐야겠다는 결심이 선다.

한 편의 글을 시간을 두고 다시 읽으면, 고칠 부분이 눈에 들어온다. 어제까지는 지우기 아까웠던 문장들이 별안간 거추장스럽게 느껴진다면, 긴 머리카락을 단발로 툭 쳐내듯 산뜻한 기분을 맛보며 가볍게 백스페이스키를 누르면 된다. 하지만 때때로 아집이나 자만심이 퇴고해야 한다는 생각과 충돌하기도 한다. 그렇기 때문에 도움의 손길을 내밀어 줄 조력자가 있어야 한다.

그래서 이 단계에서는 모임장이 글을 읽고 일차적인 퇴고와 조언을 포함한 총평을 주는 곳을 선택했다. 출간 경험이 있는 작가인 모임장이 편집자의 시선으로 내 글을 읽고 어떤 조언을 해 줄지 궁금했기 때문이다. 이런 모임의 장점은, 내 고집을 꺾고 해결책을 받아들이게 하는 실력 있는 조언자를 만날 수 있다는 점이다.

나는 스스로 퇴고하면서 끝까지 고치지 못했던 부분들에 대해 촌철살인을 날려 줄 조언자가 필요했다. 블로그에 글을 올리면, 독자 역할을 하는 블로그 이웃들은 그것을 읽고 댓글을 남긴다. 그러나 그들에게 내 글의 문제점이 무엇인지, 서로만 볼 수 있는 댓글로 알려달라고 할 수는 없었다. 글쓰기 모임을 함께하는 동료에게도 선뜻 말을 꺼내기 어렵기는 마찬가지였다. 동료들의 수준이 나와 비슷할 경우, 서로의 글에 어떤 문제가 있는지 확실하게 짚어주고 해결책을 제시하는 데 한계가 있기 때문이다. 하지만 편집자의 역할을 맡은 모임장은 나와 대화하면서 내 글의 문제점과 자주 보이는 단점들을 짚어 주었다. 단점이라고 인정하기 싫었던 부분도 모임장이 객관적인 관점에서 언급하면 고집을 꺾을 수 있었다. 그리고 어떤 식으로 고쳐야 글이 더 나아질지도 조언을 해 주니, 받아들이기 쉽고 즉각적으로 도움이 된다는 장점이 있었다.

물론 조언을 받은 다음에도 꾸준히 고쳐 써야 한다. 한두 번의 피드백이 글쓰기 능력을 높여 주지는 않는다. 글쓰기란 결국에는 나의 일이기 때문이다. 다만 본인의 글에서 단점이 보이지만 어떻게 고쳐야 할지 갈피를 잡을 수 없을 때, 이런 식으로 도움을 받는 것도 나쁘지 않다.

그러나 여전히 퇴고는 고통스럽다. 유명한 작가들도 자기 글을 보고 괴로워하면서 수십 번씩 고쳐 쓴다고 하는데, 나 같은 초보자가 여러 번 퇴고한다고 과연 좋은 글이 나올까? 내 글이 독자들에게 선택받는 날이 올까? 이런 식으로 글쓰기에 대한 회의감이 솟구치기 시작한다. 이 고비를 넘기지 못하면 글을 쓰지 못하고 슬럼프에 빠져들고 만다.

에세이 너머를 탐색하기

세상에서 가장 쓰기 쉬운 글이 에세이인 줄 알았다. 일기는 누구나 다 쓸 줄 아니까, 거기서 조금만 발전하면 에세이가 될 것이라 여겼다. 글쓰기 모임에 들어가 열심히 배우고 또 쓰면 될 줄 알았다. 하지만 분량을 채우는 동시에 객관적인 시선을 유지하기가 쉽지 않았다. 에세이 책을 읽을 때는 책장이 술술 넘어가고 공감도 잘 되어서, 한 권 출간하는 것쯤은 어렵지 않을 것 같다고 생각했다. 그래서 호기롭게 에세이를 쓰겠다고 외쳤지만, 막상 글을 써 보니 객관적이고 담담하게 표현하는 게 쉽지 않았다. 문장마다 여러 감정이 마치 신발 밑창에 붙은 껌처럼 쩍쩍 달라붙어 있었다.

게다가 모임원들의 글을 읽을수록 나는 에세이에 재능이 없는 것 같다는 생각이 들었다. 에세이를 만만하게 봤던 벌을 받는 것인지, 쓰면 쓸수록 글이 더 초라하게 보여서 남에게 보이기가 부끄러웠다. 아직 책을 내 보지 않은 사람 중에서도 글솜씨가 뛰어난 이가 이렇게나 수두룩한데, 내가 감히 설쳐댄 것만 같아 자신감이 하락했다. 그렇다고 글쓰기를 포기할 수는 없었기에, 에세이가 아닌 다른 분야에 도전해 보기로 했다.

육아를 하면서 아이들에게 그림책을 많이 읽어 주었던 게 생각났다. 다만 그림책을 만들기엔 내가 미술에 소질이 없다는 점을 고려하여, 동화책 쪽으로 눈을 돌려 보았다. 공모전에 합격할 자신은 없지만, 아이들을 위해 쓴 동화책 한 권 정도는 자비로 출판할 수 있을 것 같았다. 어느 분야에서

든 성공하기만 한다면, 다른 분야의 글쓰기 실력도 금방 높일 수 있으리라 기대했다.

그래서 동화 관련 작법서도 읽고, 기성 작가들이 글쓰기에 도움이 되는 이야기를 들려주는 영상도 찾아보았다. 그리고 다시 글쓰기 모임을 시작했다. 동화는 에세이보다 더 아는 것이 없는 분야였으니, 내 성향을 따라 모임에 몸을 실어야만 했다.

그런데 동화는 에세이와 달리 실제 작가가 모임장을 맡는 경우가 아주 드물었다. 보통은 '동화 쓰기 교실' 같은 곳에 들어가서 체계적으로 배운 뒤 작가로 등단하는 것이 일반적이다. 내가 같은 길을 밟지 않은 건 일단 수강료가 상당히 비쌌기 때문이다. 나는 전업주부였고, 아무에게도 내 꿈에 대해 알리지 않았다. 재능이 있는지 없는지도 모르는데 오랜 기간 먼 거리를 통학하며 배울 수 없었다. 달리 말하면, 그렇게까지 간절하지는 않았던 거다. 고심 끝에 들어간 동화모임은 활동을 주도하는 역할을 두지 않고 다 같이 공부하고 글을 쓰는 곳이었다. 나는 곧 내가 얼마나 무턱대고 덤볐는지 깨닫게 되었다.

동화는 하룻강아지가 무작정 덤비면 안 되는 분야란 걸 겸허히 받아들이고, 다음으로 눈에 들어온 분야는 '웹 소설'이었다. 웹 소설은 대형 포털을 중심으로 활성화된 분야다. 그동안 수많은 웹 소설에 결제를 해 가며 읽어 온 가락이 있으니 도전해 볼 만하지 않을까 생각했다.

웹 소설을 직접 써 보지 않은 사람들은 모른다. 한 화를 핸드폰으로 주욱 읽으면, 빠르면 3분에서 길면 5분 안에 다 읽을 수 있다. 그런데 그 한 화의 분량은 보통 4,000자 이상이다. 작가는 분량을 맞추기 위해 매일 세 시간에서 길게는 다섯 시간 넘게 할애한다고 한다. 내가 2,000자를 쓰려고 얼마나 끙끙댔는데, 매일 4,000자 이상 써야 한다니. 일반적으로 웹 소설은 70화에서 80화 정도에서 완결하는데, 판타지 장르 작품들은 몇백 화를 넘기기도 한다. 작가는 그것을 매일 연재하는 것이다.

'미리 써 놓는 방법도 있잖아요?'라고 묻는 사람들이 있을 텐데, 맞다. 그러나 소위 '비축분'이라는 것도 어쨌든 매일매일 써야 만들어지는 것이다. 쓰는 게 전부가 아니다. 무수히 많은 퇴고를 거쳐야 한다. 독자들의 눈은 매서워서 가독성이 떨어지면 더 이상 읽지 않는다.

독자가 아닌 지망생이 되어 보니 너무나 무서운 세상을 알게 되었다. 여기도 아니구나. 동화와 웹 소설 분야를 각각 경험해 보니, 에세이부터 차근차근 나아가자고 마음먹게 되었다. 내 생각을 솔직하게 표현하되 객관적이면서 담담하게 쓰고, 그것을 잘 가다듬어서 한 편씩 완성하기. 무턱대고 가상 세계를 창작하기보다는 우선 내 이야기를 써 보는 게 지금의 나에게는 더 잘 어울리는 길이라고 결론을 내렸다. 글쓰기의 방향을 잃었을 때, 이처럼 기존에 쓰던 것과 다른 분야에 대해서 알아보고 가볍게라도 경험해 보는 것도 하나의 해결책이 될 수 있다.

냄비처럼 끓어올랐지만, 결국에는 은은한 뚝배기처럼

책을 읽고 글쓰기에 뛰어든 뒤 1년 정도 지났을 때였다. 쉬지 않고 달리기만 했더니 그만 지쳐 버리고 말았다. 글쓰기라는 신나고 흥미로운 세계에서 계획한 대로만 하면 그 결과가 눈에 보일 줄 알았다. 하지만 열정에 비해 실력은 늘지 않았다. '천재는 노력하는 자를 이길 수 없다'라는 명언을 마음에 새기고 있었지만, 결과만 보면 1년간의 내 노력은 아무것도 아닌 것처럼 느껴졌다. 열정을 불태웠지만 손에 쥔 게 없었고, 남들한테 자랑할 만큼 보여줄 것도 없었다. 느림보 거북이처럼 매일 꾸준히 글을 쓴다는 게 점차 지겨워졌다.

작가들에게 초고보다 더 중요한 것은 퇴고라고 했다.

대작가 어니스트 헤밍웨이(Ernest Miller Hemingway)도 '초고는 쓰레기'라고 말했고, 책으로 만난 글쓰기 선배들도 퇴고의 중요성을 강조했다. 문제는 글을 계속 고치는 과정이 상당히 힘들고 귀찮다는 것이다. 처음에야 내 글의 문제점을 알고 고치려는 시늉이라도 했지만, 점점 이 정도면 괜찮다는 자만심에 빠졌다. 어차피 당장 책을 낼 게 아니라면, 적당히 써서 올려도 읽을 사람은 다 읽지 않는가. 게다가 나는 내 글의 가독성이 그다지 나쁘지 않다는 오만함까지 보유하고 있었다. 퇴고를 성실하게 하지 않으니 실력은 제자리였다.

나는 '프로' 정열가가 아니라 '끓어 넘치는' 정열가였다. 글솜씨에 변화가 보이지 않는다고 실망하며 자신감만 더 떨어졌다. 투자한 만큼 돌아오지 않는 결과에 분노가 치밀었고, 이윽고 자괴감이 나를 덮쳤다. 글쓰기를 그만둬야 할지 고민하는 한편, 내가 정확히 무엇에 화가 났으며 왜 자괴감을 느끼는지 알아내고자 천천히 내면을 들여다보았다. 이 길은 자신감으로 똘똘 뭉친 내가 책을 쓰는 일을 쉽게 여기고 들어온 길이었다. 그러나 처음만 쉽지, 들어갈수록 어렵다는 걸 느끼니 금세 지치고 포기하고 싶었다. 나는 남들에게 자랑할 만한 결과물을 손쉽게 얻고 싶었다. '짧고 굵은 한 방'을 원했던 것이다. 나 같은 사람은 이쯤에서 멈추는 게 시간 낭비를 줄이는 게 아닐까 하는 생각까지 들었다.

그러다 어느 순간, 좋아하는 일은 가늘고 길게 가야 한다는 걸 깨닫게 되었다. 글쓰기를 통해 내적인 성장이 서서히 이루어지고 있었는데도, 눈에 보이는 성과만을 단숨에 얻고자 한 것부터가 어불성설이었다. 빨리 끓어올라 넘쳐버리는 냄비 같은 마음은 이제 떨치고 싶었다.

"그렇다면 글쓰기를 할 때 열정이 끓어 넘치는 게 나을까요? 아니면 그 마음을 눌러야 할까요?"

열정도 끓어 넘쳐본 사람이 말할 수 있는 것처럼, 글쓰기도 한 번은 끓어 봐야 한다. 글쓰기뿐만이 아니다. 살면서 열정 넘치게 무언가를 해 봐야 두 번, 세 번도 도전할 수 있다. 여기까지 해 봤는데도 안 된다고 좌절하는 것도, 바닥을 치는 느낌을 받는 것도, 할 수 있는 최선을 다 해 본 사람이라야 말할 수 있다. 과한 건 모자란 것만 못하다지만, 내 생각에 열정이 어느 정도 이상으로 끓어오르지 않으면 그 일을 즐길 수 없는 것 같다.

나는 글쓰기를 향한 열정이 과하게 끓어오른 반면 그만큼 성과가 난 것 같지는 않아서 초조하고 답답했다. 하지만 그것이 가라앉고 다시 끓어오르려고 하는 지금은, 넘치지 않는 적당한 온도를 기억하고 있다. 마음의 불은 완전히 꺼지지 않는다. 내가 글쓰기를 포기하지 않는 한 열정의 불씨는 그대로 남아있고, 이제 나는 펄펄 끓는 냄비가 아니라 뭉근한 뚝배기 안에 내 열정을 담아두었다. 천천히, 결과물에 욕심내지 않고, 성과가 없다고 낙심하지 않을 것. 결과물이 없는 게 아니라 눈에 보이지 않았을 뿐이니까.

글을 쓰다 보면 한 계단씩 올라가는 즐거움을 느끼다가도, 다리가 아파서 멈추고 싶을 때가 온다. 잠시 숨을 고르고 나면 다시 올라갈 수 있을 거라는 생각과 달리 두 다리가 꿈적도 하지 않는다. 그렇게 멈춰 있다 보면, 어느 순간 두세 계단을 한꺼번에 성큼 올라가며 확연히 성장한 느낌을 받게 된다. 나를 들여다보고 내 안의 수많은 나와 대화를 시도하는 것, 타인의 시선을 걱정하던 과거를 벗어던지는 것, 그리고 그것을 글쓰기로 풀어내는 것은, 바로 그 다리가 꿈적하지 않는 동안에 이루어지는 일이다.

첫 문장으로부터 4년 남짓한 시간이 흐른 지금, 이 모든 경험은 내 안에서 타고 남은 잿더미가 아닌 질 좋은 밑거름으로써 새롭게 마음을 다잡고 글을 쓰는 양분으로 작용하고 있다.

글쓰기의 세 가지 어려움 (조미란)

일기와 에세이의 차이

매 하루의 감상은 글쓰기 플랫폼에, 독서 감상은 블로그에 쓰기 시작하니 머리 위에 물음표가 띄워졌다. 나만 들춰 보는 일기장에 쓰는 글과 누구나 볼 수 있는 인터넷에 올리는 에세이의 차이가 뭐지? 생각의 가지가 뻗어 가는 대로 글자를 써 내려갔지만, 일기와 에세이를 구분하기 쉽지 않았다. 답이 나오지 않자 갑자기 인터넷에 글을 올리는 행위가 두려워졌다.

'일기는 일기장에 쓰시죠?'

올라오지도 않은 댓글이 머릿속에 빙빙 맴돌았다. 자신감이 쪼그라들려던 찰나, 한 가지 생각이 들었다. '난 초보잖아! 인터넷에 있는 다양한 글을 읽어 보자!'

자주 사용하는 글쓰기 플랫폼에 들어가 이제 막 발행된 일상 에세이를 읽어 보니, 작가마다 각자의 색깔이 있었다. 어떤 글은 읽고 나서 고개를 끄덕였고, 어떤 글은 고개를 갸웃했다. 어떤 글에는 작가가 전하려는 하나의 메시지가 정확하게 드러나는 반면, 어떤 글에선 'A'라는 말을 하다가 느닷없이 'B'라는 결론이 났다. 또 어떤 글은 일상의 경험에서 출발해 독자가 공감하거나 생각해 볼 점들을 던져주었고, 어떤 글은 '아침에 일어나서 밥을 먹고 세수한 뒤 출근했다'처럼 사소한 이야기의 나열에 그쳤다. 또 다른 글은 소소한 풍경 묘사로 시작하여 삶을 관통하는 작가 자신의 철학을 담았고, 어떤 글은 유명인의 말들로만 채워졌다.

독서 후기도 마찬가지였다. 어떤 글은 책을 통해 얻은 감상을 고유한 문체로 적은 것이었고, 어떤 글은 출판사가 제공한 객관적인 정보를 옮긴 것이었다.

많은 글을 접하고 나자, 내가 쓸 수 있고 쓰고 싶은 글이 무엇인지가 뚜렷해졌다. 일상에서 출발하여 일상으로 끝나지만, 나만의 철학을 뚜렷이 전하는 글! 책에서 비롯된 감흥을 일상의 순간으로 끌어오는 글! 가고자 하는 방향이 정해졌으니 이제 남은 건 글쓰기뿐이었다.

아이들을 하원시키고 바쁜 오후와 저녁 일과를 보내고 나니, 벌써 하루를 마감할 시간이 다 되었다. 어떤 글을 쓸지 고민할 여유 따윈 없었다. 서둘러 아이들 양치질을 끝내고 침대에 눕고 싶은 마음만 한가득했다.

"양치하자."

그러나 아이들은 오지 않았다. 부글거리는 속을 삭이고 아이들을 데려와 허겁지겁 양치질을 시켰다. 아이들이 뛰쳐나간 욕실에서 컵에 묻은 치약 거품을 헹궈 내니 한숨이 절로 나왔다. 수도꼭지를 잠그고 수건으로 손을 닦던 찰나, 에세이의 글감이 떠올랐다. 어떤 문장으로 시작하고 어떻게 결론지을지, 글의 구조까지 순식간에 그려졌다. 명쾌한 감각이 마치 머릿속에 폭포수가 쏟아지는 느낌이었다.

십여 문장을 우선 써 두고, 아이들을 서둘러 재웠다. 말똥하게 거실로 나와 노트북을 열었다. 쓰다 만 글을 불러내어 차근차근 읽어 보았다.

'다섯 살 아이 양치질이 얼마나 고단한지 너희들이 아니?'

오타도 많고 끝맺음도 없는 글이지만 전하려는 메시지는 뚜렷했다. 섬세한 상황묘사와 대화까지 얹어서 글을 쭉 써 내려갔다. 드디어 글을 마무리할 단계가 다가왔는데, 뭔가 찝찝했다. 속에 있는 말을 다 끄집어내서 후련하긴 한데 이대로 발행하기에는 무언가 크게 빠져있는 것 같았다. 스크롤을 올려 글을 다시 찬찬히 읽어 보았다. '양치질의 고단함'이라는 메시지는 명확했다. 하지만 시간을 들여 이것을 읽을 독자의 입장에서 생각해 보았을 때, 공감할 만한 구석이나 생각해 볼 만한 점이 없었다. 일상에서 출발한 글인 건 분명하지만 일기장에서나 볼 법한 거친 표현이 난무했고, 다섯 살 아이에게 양치질을 시키다 깨달은 바가 무엇인지 알 수 없었다.

애초에 내가 이 글을 통해 독자들에게 전하고 싶었던 메시지가 무엇이었는지 생각해 보았다. 나는 잔소리와 훈육의 한 끗 차이를 말하고 싶었다. 글을 한 번 더 읽으니 그제야 '한 끗 차이'는 언급조차 하지 않았다는 걸 알게 됐다. 글에는 양치질을 시키는 괴로움과 피로감만 나열되어 있을 뿐이었다.

다시 글을 처음부터 읽으며 내용을 고쳤다. 불필요한 문장은 덜어내고, 과한 감정의 수위는 객관적인 묘사로 조절했다. 글의 삼 분의 이 지점에서 양치질을 통해 얻은 '나만의 비법' 한 문장을 자연스럽게 집어넣었다. 그에 대한 부연 설명도 추가했다. 글의 맥락이 어색하지 않게 조금씩 다

듣고 저장을 눌렀다. 마무리한 글을 읽어 보니 완벽하지는 않지만 이만하면 됐다 싶어서 속 시원하게 '올리기' 버튼을 클릭했다.

이후로 나는 대부분의 글을 즉흥적으로 쓴 뒤, 고치는 과정을 거쳐서 올리고 있다. 별것 없는 하루를 별일 없이 보내다가도 어떤 생각이 번뜩 떠오르면 그때의 상황과 내용을 메모한다. 시간이 될 때 구체적인 묘사를 풀어내고, 내 생각을 얹는다. 감정을 하소연하는 문장들을 덜어내고 진솔한 신념과 함께 설명을 덧붙이면, 나만의 색깔이 뚜렷한 글이 완성된다. 어딘가에 투고하거나 출간을 목적으로 쓴 글도 아니기에, 부담 없이 쓰고 부담 없이 올린다. 신세 한탄과 시사점, 일기와 에세이는 이렇게 한 끗 차이다.

'조회 수'에서 자유로울 수 있을까?

공개적으로 글을 올리는 데 맛을 들이고 거의 매일 글을 썼다. 일주일이 채 되지 않아 글쓰기 플랫폼에서 낯선 알림을 받았다.

'귀하의 게시물 **의 조회 수가 1,000회를 달성했습니다.'

내 글이 천 번이나 읽혔다고? 믿을 수가 없었다. 그날 하루 동안 문제의 글은 조회 수 1,400회에 도달하고서야 수면 아래로 가라앉았다.

다음 날, 나는 노트북을 열고 글쓰기 플랫폼에 접속했다. 어제 일은 초보 작가에게 찾아온 행운이라 생각하고, 오늘의 글을 쓰기로 마음먹었다. 때는 마침 장마철을 앞둔 여름, 쌍둥이 두 딸과 쾌적한 장마를 보내는 나만의 비법을 담아 보기로 했다. 우중충한 날씨에 괴로워할 누군가를 위로

하는 마음으로 글을 썼다. 꽤 긴 호흡의 글이었지만, 글쓰기에 발동이 걸려서인지 쉬지 않고 써 내려갔다. 후루룩 뚝딱 글을 쓰고 맞춤법 검사를 한 후, 게시!

띠링, 핸드폰에 알림 창이 떴다.

'귀하의 게시물 ***의 조회 수가 1,000회를 달성했습니다.'

내 글이 어딘가에 소개되었다. 40분 뒤 알림이 또 울렸다.

'귀하의 게시물 ***의 조회 수가 2,000회를 달성했습니다.'

세상에나. 장마철 직전이라는 시기와 딱 맞아떨어져서 글의 노출 수와 조회 수가 쭉 올라간 것이었다. 포털 사이트 메인에 글이 소개되는 게 이렇게도 강력할 줄이야.

그리고 또 다음 날, 노트북을 열었다. 어떤 글을 쓸지, 사람들이 어떤 글을 좋아할지 고민했다. 생각에 생각을 거듭했지만, 아무런 소재도 떠오르지 않았다. 커피를 한 잔 내리고, 한 모금 들이켜 보아도 자판 위의 손가락은 움직일 생각을 하지 않았다.

못 쓰겠어. 맥이 탁 풀렸다. 멍하니 식탁 의자에 기대어 앉아 허공을 응시했다. 손가락에 날개를 단 듯 매일 글을 올렸는데, 조회 수도 이틀 연속 천의 자리를 넘긴 이때 멈춰버리다니. 힘을 얻어 더 나아가야 할 판국에 아무것도 하지 못하는 마음이라니.

이 아이러니한 감정은 뭘까? 누군가가 내 글이 읽을 만하다고 생각해서 어딘가에 공유했고, 또 다른 누군가는 제목을 보고 궁금증이 생겨 읽어 보았다. 여기서 '읽을 만한 글을 썼다'는 판단에 주의를 기울였다. 구체적으로는, '누군가에게 읽을 만하다는 평가를 받았다'라는 판단. 거기서 이어진 감정을 들여다보았다. 곧 이런 속삭임이 들려왔다.

'잘해야 해. 다음에도 조회 수 1,000회는 기본으로 도달해야 해.'

글쓰기를 방해하는 마음의 정체는 바로 '압박감'이었다. 하루아침에 게시 글 조회 수 2,000회를 넘긴 경험이 나에게 '다음에도 일정량 이상의 조회 수에 도달해야 한다'는 강박 관념을 심은 것이다.

사실 누구도 나에게 글쓰기의 기준을 부여하거나 특정한 결과를 요구하지 않았다. 주변 반응은 둘 중 하나였다. 어떤 글을 쓰든 무관심하거나, 어떤 글을 쓰든 좋다고 하거나. 지인들은 조미란이라는 사람이 글을 쓰고 올린다는 사실에 관심을 두었지, 내 문장력이나 전하려는 메시지를 평가하지 않았다. 하지만 네 자리 조회 수를 맛보고 나니, '다음에도 조회 수가 이만큼은 나와 줘야 제대로 인정받을 수 있다'는 강박이 생겼다. '불특정 다수에게 반응이 있어야 글을 올리는 의미가 있다'는 그릇된 신념도 기어올라 왔다. 부끄럽지만 나는 '꽤 괜찮은 글을 쓰는 작가'라는 타이틀을 얻고 싶었다. 그러니까, 글을 올릴 때마다 조회 수가 네 자릿수를 넘는 '좀 쓰는 작가'가 되고 싶었다.

욕망과 압박이 뒤섞이니 글을 쓸 수 없었다. 남들이 관심 있어 할 소재, 시선을 사로잡는 도입부, 클릭을 유도하는 마법의 제목 따위를 구상하고 있으니 정작 글에 담아야 할 메시지가 사라지고 말았다. 마음을 어떻게 정리하여 글로 풀어낼지는 관심 밖으로 밀려났던 것이다.

내 마음을 알아차리고 나니, 다시 글이 쓰고 싶어졌다. '조회 수가 내게 남긴 것'이라는 제목으로 당시의 심경을 토로하듯 썼다. 그 과정에서 당시 읽고 있던 책 속 문장과 나의 글이 연결되며 생각이 확장되었다. 얼마 후, 내가 전하고 싶은 메시지와 일상의 경험이 모두 담긴 나만의 글이 마무리되었다.

그 글을 올리고 3년이 흘렀고, 현재까지 조회 수는 242회다. 그간 올린 다른 글에 비하면 이 정도의 조회 수는 대박은 안 되는 '중박'이긴 하다. 그렇지만 나는 그 글을 좋아한다. 그것이 압박감으로 꽉 막혀있던, 글쓰기의 배수구를 뻥 뚫어주었기 때문이다.

높은 조회 수는 분명 달콤하다. 작가라면 더 많은 사람이 나의 글을 읽어 주는 것만큼 행복한 일은 없을 것이다. 하지만 조회 수에 일희일비하는 순간 달콤함은 쓴맛으로 돌변한다. 물론 글쓰기 플랫폼에 글을 올리면서 그런 숫자에 연연하지 않기가 쉽지 않겠지만, 수에 집착하는 순간 글의 물꼬가 막혀버린다는 사실을 꼭 기억했으면 한다.

독자가 정해진 글쓰기, 어떻게 할까?

글쓰기 플랫폼에 성실하게 글을 올리다 보니, 뜻밖의 이메일을 받았다. 유·아동 사업체에서 육아에 관한 온라인 칼럼 원고를 요청하는 청탁 메일이었다. 의뢰를 수락한다는 내용의 회신을 보내고, 빈 문서를 생성했다. 어떤 글을 써야 할까? 흰 바탕 위로 깜빡이는 커서를 바라보는데, 또다시 쓸 이야기가 떠오르지 않았다. 예상치 못한 상황에 봉착하자,

친한 지인들이 모여 있는 단체 채팅방에 도움을 요청했다.

“나에게 육아와 관련해서 듣고 싶은 이야기가 있어? 있다면 좀 알려 줘. 도무지 무슨 말을 써야 할지 모르겠어.”

그러자 한 지인이 답장을 보냈다.

“반항기에 접어든 우리 아들 대하기가 너무 힘들어. 이거 어떻게 하면 잘 지나갈 수 있어?”

그의 질문에 대해 머릿속에 떠오르는 대로 주르륵 글을 올리자, 이런 답이 돌아왔다.

“언니, 지금 여기에 쓴 걸 글로 옮겨 적어. 그럼 돼.”

고맙다며 오두방정을 떨고 나서, 다시 빈 문서를 열고 옆집 동생의 고민에 대답하듯 글을 써 내려갔다. 상대에게 해 주고 싶은 말을 떠올리며 위로와 공감의 메시지를 적고 저장을 눌렀다. A4 용지 한 장 조금 넘는 글이 완성됐다. 이후 4회에 걸쳐 연재하는 동안, 지인에게 질문을 받아 글을 쓰는 방법을 매번 활용했다. 우리에게 육아 고민이 마를 날은 없었기에 그때그때 답변이 돌아왔고, 그에 대한 나만의 답을 글로 풀어냈다.

이 과정이 익숙해진 후로, 글을 연재할 때면 외부에서 소재를 찾곤 한다. 다른 사람들은 어떤 고민을 하고 있는지, 어떤 이야기가 궁금한지, 그들의 입장이 되어 생각한다. 어떤 문제든 내 것일 때는 해답이 보이지 않지만, 제삼자의 일이 되면 잘 보이기 마련이니까. 읽어 주었으면 하는 독자가 정해진 글은 그 독자가 '어떤 상황에 처한 사람'인지 파악하는 것에서부터 출발한다. 독자에게 어떤 이야기가 필요한지를 고려해 소재를 찾으면 문장을 이어가기도 수월하다.

물론, 이 또한 내 경험이 바탕이 되어야 진솔한 글이 만들어진다. 어디선가 읽고 들은 지식을 조합하려고 하면 글이 써지지도 않을뿐더러, 삶의 냄새가 빠진 무미건조한 글이 되고 만다. 글에 정보를 넣더라도 자기 문체로 새 문장을 만들어야 한다. 내가 겪었거나 비슷하게 경험해 본 일에 대해서, 친구에게 나만의 생각을 전하는 느낌으로 쓰는 게 포인트다.

이건 생각을 일기로 풀어내는 것과는 조금 다르다. 개인적인 기록을 목적으로 쓰는 에세이는 즉흥적으로 풀어나가도 충분히 글맛을 낼 수 있지만, 특정 독자를 겨냥하여 쓰는 에세이는 그 독자를 고려해서 써야 공감, 위로, 정보 전달 등 글을 쓴 목적을 전할 수 있다. 내적인 동기에서 시작된 글이 더 큰 공감을 불러일으킬 때도 있지만, 초보 작가인 나는 마감 기한이 정해져 있는 글을 쓸 때 짤막한 기획을 해두어야 문장이 풀렸다.

그러다 글이 막히면, 쓰는 사람은 나지만 결국 읽는 사람은 독자임을 떠올린다. 내 글을 읽어 줄 고마운 그분은 어떤 이야기를 궁금해할까? 그분의 귀한 시간과 맞바꿀 가치가 있는 이야기는 어떤 것일까? 생각하고 또 생각한다. 쓰는 이와 읽는 이 사이의 공백을 채울 수 있는 글을 고민한다.

지금 이 책을 쓰면서도 마찬가지다. 이 책을 읽을 분은 글쓰기에 대해 어떤 고민을 하고 있을까? 어떤 경험이 궁금한 걸까? 글을 쓰다가 어느 지점에서 막혔을까? 생각하고 또 생각했다. 한 편의 글이 마무리되어 가는 지금도 궁금증은 여전하다.

느슨하지만 결코 지루하지 않은 온도

이현정

'찐친'보다 더 좋은 '글친'

코로나19로 인해 실외 활동이 제한되자, 사람들은 온라인 모임과 화상회의 프로그램으로 돌파구를 찾았다. 나 역시도 그랬다. 내가 활동하던 모임에는 주로 주부들이 참여했다. 참여자들은 여자 사람을 찾아 대화하고 싶어 모임에 참여했다며 농담 반 진담 반으로 말하곤 했다. 아이들과 지내며 삼시 세끼를 챙겨 먹고, 아이들의 '아무 말 대잔치'

를 한 귀로 듣고 한 귀로 흘리며, 긴 재택근무로 피폐해진 남자 사람과 공감이 결여된 대화를 나누는 것 말고, 진정으로 마음을 나누는 대화를 원했던 것이다. 하지만 제한된 시간 안에 제한된 인원과 마음을 나누는 건 그리 쉬운 일은 아니었다. 그런 관계의 지속 역시 쉽지 않았다. 텅 빈 내 마음을 어루만져 준 건 다름 아닌 글쓰기였다. 특히 함께 글을 쓰는 동료, 글벗들과 나누는 시간이 그랬다.

흔히들 사는 동안 진정한 친구 2명만 있으면 성공한 인생이라고 말한다. 사회에 나오면 진짜 친구를 만들기 어렵다며, 학창 시절 친구가 진짜 친구라고 말하기도 한다. 돌이켜 보면, 고등학교 친구들이 각별하긴 했다. 가족보다도 더 많은 시간을 공유하고, 같은 고민을 하며, 비슷한 목표를 향해 달리던 동반자였기에 그랬다. 하지만 서로 멀리 떨어진 지역에 정착하고 삶의 지향점이 달라지면서, 진정한 친구라고 여겼던 관계가 소원해지고 뜸해졌다. 핸드폰 연락처에

전화번호가 남아있긴 하지만 여전히 같은 번호를 쓰고 있다는 확신이 들지 않을뿐더러, 연락하더라도 어떤 이야기를 해야 할지 몰라 망설이는 사이가 되어버렸다.

고등학교 친구들 다음으로 떠오르는 진짜 친구는, 양보다 질이라는 말을 연상케 하는 대학 시절 친구들이다. 고등학교 친구들에 비하면 함께 생활한 시간은 적지만, 그들만큼 나의 적나라한 민낯을 많이 본 존재도 없을 것이다. 인생 최저 성적을 받는 방법을 공유하기도 하고, 사랑한다는 명목하에 하지 말았어야 할 지질한 행동을 보여주기도 했다. 알코올의 힘으로 지워버린 기억을 서로가 대신 기억해주기도 했으니, 이보다 더 각별한 사이가 어디 있으랴.

하지만 그 친구들 역시 지금은 각자 삶을 달려가기에 바쁘다. 미혼인 친구, 아이를 낳지 않은 친구, 아이가 있다고 하더라도 육아 시기가 달라 저마다 버텨내느라 바쁜 친구들. 다른 출발점에서 다른 길을 걸어가느라 스치듯 '안녕', 인사하기도 힘든 상황이 되어 버렸다. 따라서 대학 시절 친구들 역시 마음을 터놓고 이야기할 상대가 아니기는 마찬가지였다.

아이가 사귄 친구의 엄마와 친해진 경우는 어떤가? 그들과는 가장 늦게 만났지만, 가까운 곳에 살며 비슷한 고민을 비슷한 시기에 하고, 미미한 차이는 있지만 거의 같은 상황이기 때문에 대화는 잘 통하는 편이다. 또래 아이들을 키우며 필요한 정보를 공유하기도 하고, 동네 '맛집'이나 근사한 산책로 같은 고급 정보를 나누며 급격히 친해지곤 한다. 하지만 그 이상을 넘어서기는 어렵다. 나의 속마음을 다 까발렸을 때도 호의적인 관계가 지속될지 의문스럽기도 하다.

성공한 인생의 조건이라는 단 두 명의 진짜 친구는 어디에 숨어 있는지 궁금했다. 나는 글을 쓰면서 그 해답을 얻게 되었다. 글을 쓰는 동안 나에게는 많은 친구가 생긴다는 것을. 가족에게도 차마 터놓지 못했던 이야기를, 함께 글을 쓰는 동료들이 들어주고 보듬어 준다는 것을. 그들은 기분 좋은 일이 생기면 내 일처럼 기뻐해 준다. 사소하더라도 기분 좋은 일이 있어 글로 남기면, 최대한 공들여 쓴 언어로 축하해 준다. 아프고 슬픈 이야기를 그대로 말할 수 없어 이리저리 돌려서 표현해도 찰떡같이 알아듣고는, 섣불리 위로하는 대신 담담히 들어주고 당신의 벗이 여기 있다는 신호를 주곤 한다.

쓰고 싶은 마음은 굴뚝같은데 무엇을 어떻게 써야 할지 몰라 글이 막히는 순간이 있다. 그 순간의 괴로움을 알면서도 글을 쓰고 싶은 이유는, 나의 이야기를 들어주는 사람들이 있기 때문이다. 인간은 누군가와 연결되고 싶어 하고, 그 속에서 자신의 존재를 드러내고 싶어 하니까. 단순히 내 글을 읽어 주는 사람들도 물론 좋지만, 같이 글을 쓰는 사람들은 더 특별하다. 그들은 내가 속마음을 털어놓는 만큼, 자기 내면을 여실히 드러내 보인다. 내가 그랬던 것처럼, 그들도 누군가로부터 받은 상처를 토로하며 '저를 위로해 주세요'라고 이야기한다. 덕분에 나는 위로를 받기도, 건네기도 할 줄 아는 따뜻한 사람이 될 수 있다. 또 누군가 '이런 상황을 고발합니다'라고 소리 높여 주장을 펼칠 때 우리는 서로의 든든한 지지자가 되어 주기도 한다.

아무도 봐주지 않는 것 같아도, 글벗들만큼은 내 글을 봐준다. 다른 어느 독자보다도 그들이 보낸 반응이 가장 각별하다. 글을 써 본 사람에게 받은 호응에서 느껴지는 진심이 '짠'하게 내 마음을 물들이기 때문이다.

지금 핸드폰으로 내게 친구가 얼마나 있는지 확인해 보면 과연 몇 명이나 될까? 글을 쓰면 속마음을 터놓을 수 있는 친구가 생긴다. 멀리서 찾지 않아도, 애써 만나 어색하고 어렵게 입을 떼지 않아도, 누구보다 나를 잘 알고 지금의 나를 긍정해 주는 친구. 내 이야기를 들어주고 등을 토닥여 주고 어깨를 보듬어 주고 또 응원해 주는 글벗, '글친'이 하나둘 쌓여간다. 그들이 있기에 좌절과 두려움이 밀려와도 나는 쓰고 싶은 마음을 거두지 않는다. 그들과 더 많이 이야기하고 싶고, 그들의 온기를 더 오래 느끼고 싶어서.

지금 이 글을 읽는 당신도 나의 친구가 될 수 있다. 나의 이야기를 들어주었으니, 이제는 당신의 이야기를 써 보기를. 단짝 친구도 모르는 비밀을 공유하며 당신과 나는 '찐' 글친이 될 테니까. 더 오래 더 재미있게 더 솔직하게 글을 써 나갈 수 있을 테니까.

첫 문장은 누구에게나 어렵다

글을 쓰는 행위는 신체를 단련하거나 발달시키는 일과 거리가 멀다. 오랜 시간 앉은 자세를 유지하기에 허리가 뻐근하고, 안 그래도 큰 엉덩이가 더 퍼진다거나, 수시로 다리가 저리고, 거북목이 심해지는 등 건강을 악화시키는 쪽에 가깝다. 그 와중에 내가 글을 쓰면서 특별히 발달한 부위가 있다면, 단언하건대 안구와 그 능력이다.

글쓰기는 눈싸움과 눈을 깜박이는 기술을 발달시킨다. 글을 써 본 사람이라면 고개를 끄덕이지 않을까? 하얀 바탕에 어떤 단어를 입력해야 할지 몰라 멍하니 화면만 쳐다보다가, 이대로 질 수는 없다며 온 마음을 다해서 노려보다가, 결국에는 두 손 두 발 다 들고 커서의 깜빡임에 맞추어 눈을 함께 깜빡이곤 했다. 그러면서 하염없이 눈물도 흘렸다. 만약 그렇지 않다면, 당신은 천부적인 재능을 가진 사람임이 틀림없다. 첫 문장부터 거침없이 일필휘지로 글을 쓰는 사람일 테니까.

이런 서문을 쓴 까닭은 그만큼 첫 문장을 시작하는 일이 어렵다는 걸 강조하고 싶어서다. 글 쓰는 사람에게 있어 정말 어려웠고, 지금도 어렵고, 앞으로도 어려워할 과업이 바로 첫 문장 쓰기가 아닐까? 무엇이든 중도에 포기하게 되는 상황을 가장 두려워하는 나는, 일단 시작하고 나면 웬만해서는 끝을 맺는다. 죽이 되든 밥이 되든 국수가 되든 간에 어떻게든 완성하는 편이다. 그래서 나에게 시작이 더 어렵게 느껴지는지도 모른다.

첫 문장을 쓰기 어려울 때마다 나는 다음의 명확한 사실을 머릿속에 한 번 더 입력한다.

"누구에게나 처음은 어렵다."

새 학기를 맞이하여 처음 교실에 들어서는 순간, 새로운 직장에서 출입문을 여는 순간, 아이를 낳고 처음으로 온전히 육아에 전념하는 순간, 인생 첫 강의를 하러 무대에 선 순간……. 처음이라 더 힘들고, 두렵고, 엉망진창이었던 그 때. 하지만 처음보다는 두 번째가, 그보다는 세 번째, 네 번째가 더 쉽다는 것을 깨우치며, 내 몸에 익숙해질수록 더 수월하고 담담히 해낼 수 있다는 걸 알게 되었던 그 모든 순간을 떠올려 보라.

글도 마찬가지다. 아무것도 쓰여 있지 않은 공백과 마주하는 순간이 쌓여갈수록, 그 앞을 가만히 노려보아야 하는 시간은 짧아진다. 텅 빈 공간이 주는 압박감을 뚫고 첫 글자를 쓸 용기를, 내 몸의 리듬이 기억하고 있기 때문이다. 어쨌든 써야 끝난다는 사실을 신경 쓰기 때문일지도 모른다. 어떤 이유에서든, 일단 써야 한다. 뭐라도 쓰다 보면 무엇을 써야 하는지, 앞으로 무엇을 더 쓸 것인지, 무엇을 지우고 다시 쓸 것인지가 보이기 때문이다.

영화 〈메리 포핀스〉에서 장난꾸러기 제인과 마이클은 아버지 뱅크스가 생각하는 유모의 조건과 달리, 친절하고 재치 있으며, 자신들과 즐겁게 놀아 줄 유모를 구하고자 직접 광고를 만들기로 한다. 그러나 뱅크스는 아이들이 만든 광고지를 찢어 벽난로에 버려 버리고, 종잇조각은 굴뚝을 통해 하늘로 날아가 버린다. 다음날 집 앞에 모인 지원자들은 영문 모를 바람에 휩쓸려 흩어지고, 우산을 든 채 바람을 타고 온 메리 포핀스 부인이 뱅크스 집안의 새로운 유모가 된다. 메리 포핀스는 아이들이 방 청소를 할 수 있도록 한 가지 놀이를 제안하는데, 그 놀이의 이름은 바로 '시작이 반이다(Well begun is half-done)'였다. 이상한 이름이 의심스러운 아이들은, 그것이 진짜 놀이가 맞는지 묻는다. 그러자 그녀는 이렇게 대답한다.

"너희가 어떻게 생각할지에 달린 거란다(Depends on your viewpoint)."

모든 건 생각하기 나름이다. 그리고 "반드시 해야 하는 일이라도 늘 재미난 부분이 있는 법이다(In every job that must be done, there is an element of fun)"라고 그녀가 말했듯, 쓴 약을 먹을 때도 달콤한 설탕 한 스푼이면 약이 술술 넘어가기 마련이다.

첫 문장을 쓰는 마음은 어쩌면 쓴 약을 삼키기 전, 손바닥에 놓인 낱개들을 바라볼 때와 같을 수도 있다. 약이 얼마나 씁쓸할지, 얼마나 많이 삼켜야 할지, 혹여나 목구멍에 딱

붙어 더 심한 쓴맛을 내지는 않을지 두렵고 막막할 수 있다. 하지만 이 순간 '약이 술술 넘어가게 할' 설탕 한 스푼을 얻을 수 있는 사람은 다른 누구도 아닌 나 자신이라는 걸 기억해야 한다. 입안에 맴도는 달콤함을 얻는 건, 오로지 나에게 달린 일이다.

물론 이것을 머리에 입력해 두더라도, 가끔은 오류를 일으켜 아무런 출력값도 내놓지 못한 채 백색의 화면과 눈싸움만 계속할 때도 있다. 하지만 글을 쓰는 재미를 찾으려고 노력하며 무어라도 첫 문장부터 쓰다 보면, 약이 술술 넘어가듯 글이 술술 써지는 날이 오기도 한다. 그게 아주 가끔이라도 말이다.

미지근한 사랑

글쓰기에 관해 아무것도 몰랐던 시절, 처음으로 가입한 글쓰기 모임의 단체 대화방에서 알림이 왔다.

"드디어 터졌어요!"

밑도 끝도 없이 올라온 한마디. 도대체 뭐가 터졌다는 건지, 만두 옆구리라도 터진 건지 아니면 청바지 가랑이가 터진 건지, 좀처럼 의미를 알 수 없었다. 무슨 일로 이렇게 호들갑을 떨지?

당시 내가 활동했던 곳은 '작가 루틴 만들기' 모임. 매일 이른 아침에 일어나 정해진 시간 동안 일정한 분량의 글을 써내며, 작가와 같은 생활 패턴을 만드는 게 목표였다. 작가가 되기를 원하는 내게 어울리는 모임이라 생각해 덜

컥 가입 신청을 했다. 모임에서 각자 글을 쓰고, 그것을 공유하고, 받은 글을 읽고 서로 감상을 나누기도 했지만, 그건 게시 글과 댓글 기능을 통한 대화였을 뿐이고 사적인 대화는 거의 없었다. 글로써 만난 관계이기에 단체 대화방은 서로 적당한 거리를 유지한 채 공지 사항을 전하기 위한 공간으로만 쓰이곤 했다.

늘 잠잠했던 대화방에 올라온 메시지를 보고는, 그저 잘못 전송한 거려니 생각했다. 그런데 조금 뒤, 메시지를 보낸 모임원이 재차 웹사이트 링크를 공유하며 한 마디 덧붙였다.

"글쓰기 플랫폼에 올린 글이, 드디어 조회 수가 터졌어요."

그는 매일 아침 모여서 쓴 글 중 하나를 모 글쓰기 플랫폼에 게재했는데, 그것이 몇천의 조회 수를 '찍고' 계속 상승하고 있다고 말했다.

그때까지만 해도 나는 그 플랫폼을 전혀 몰랐고, 조회 수가 터졌다는 말도 사실 잘 와닿지 않았다. 메시지를 읽은 모임원 모두가 축하 메시지를 보내자, 그제야 이게 축하할 일이구나, 여기며 별 마음 없이 나도 축하한다고 전했을 뿐이다. 그러고 나서야 궁금증이 일었다. 도대체 어떤 곳이길래 조회 수 몇천 회가 축하받을 일이 되고, 평소에 조용하고 잠잠했던 대화방에 자랑스럽게 링크를 올린 걸까? 얼마나 기뻤기에 감정을 드러내고 더 많이 나누고 싶어 한 걸까? 새삼 부러운 마음이 들었다. 부러우면 지는 거니까, 부러워만 하지 말고 나도 한번 터뜨려야겠다고 생각했다.

그 길로 무작정 해당 플랫폼에 가입했는데, 글을 올리려면 심사를 거쳐 작가 승인을 받아야 한다는 청천벽력 같은 사실을 알게 되었다. 인터넷에 글을 올리는 것도 자격이 있어야 한다는 게 생소하기도 하고 번거로워서 조금 짜증도 났지만, 작가 자격을 얻으면 왠지 더 인정받는 느낌이 들 것 같았다. 다른 사람들도 했는데 나라고 못 할 게 뭐 있나, 터무니없는 자신감이 솟구쳤다.

가진 거라고는 패기밖에 없던 나는, 자격 심사에서 보기 좋게 탈락했다. 은근히 자존심도 상하고 속상하기도 한데, 어디 말할 곳도 없어 답답했다. 작가 승인 신청을 아무렇게나 해서는 안 된다는 사실을 깨닫고 일단 멈추었다. 다른 글쓰기 모임에 들어가 보고, 혼자서 글을 써 보기도 했다. 글쓰기란 게 그리 낯설게 느껴지지 않았지만, 책을 출간하기는 요원해 보였다. 출간을 하기 전에, 일단 플랫폼에서 작가 자격을 얻으면 용기를 가질 수 있을 것 같았다. 혼자 하면 길을 헤맬까 봐 함께할 이들을 찾던 그때, 지금의 동료 작가들을 만났다. 그들의 진심 어린 응원을 등에 업은 나는 마침내 작가 승인을 받아냈다.

'이제 터지기만 하면 되겠구나. 만두여, 코피여, 분노여, 딱 기다려라. 내가 너희보다 더 터져 줄 테니.'

얼마 지나지 않아, 염원한 대로 조회 수가 터졌다. 몇십만쯤 되는 조회 수를 달성한 건 아니었지만, 그런 숫자는 내

평생 업적을 통계한 자료에서도 보기 힘들 것 같았다. 그 후로도 간간이 조회 수가 몇천에서 몇만 회를 오르락내리락한 덕에, 스릴 넘치게 글을 썼다. 조회 수를 향한 갈증은 풀렸지만, 글이 저장되는 개인 채널의 구독자 수는 정말이지 어떻게 늘리는 건지 답답했다.

사실 처음에는 구독자 수를 그다지 신경 쓰지 않았다. 글이란 자고로 나를 위해 쓰는 것, 나 자신을 알고, 나를 들여다보고, 나를 돌보기 위해서 쓰는 것으로 생각했기에, 구독자야 있으면 좋고, 없어도 그만이었다. 하지만 글을 쓰다 보니 묵어 있던 응어리가 풀어지고, 일상에서 느끼는 소소한 장면을 더 많이 나누고 싶다는 생각이 들었다. 지극히 사적이고 지극히 평범한 이야기를 나는 왜 글로 써내려 하는가? 마음속으로부터 조용히 들려온 답변은, '오늘 하루를 잘 살기 위해서'라는 말. 그럼으로써 조금 더 행복하고 싶다는 소망도 함께였다.

살면서 느낀 작은 변화나 그간 알게 된 인생의 지혜를

글로 녹여내 다른 누군가의 인생에 도움을 준다면 더할 나위 없이 좋겠다는 마음이 들었다. 전혀 유명하지도 않은 내 글이 타인의 삶을 극적으로 변화시킬 순 없겠지만, 어쩌다 한 번 그 내용과 메시지를 떠올리게 할 정도는 가능하지 않을까? 나를 위한 글쓰기에서 나아가 '너'를 위한 글쓰기를 하고 싶었다. 그래서 내 채널의 구독자 수가 세상 사람들과 내가 얼마나 연결되어 있는지를 피부로 느낄 수 있는, 수치화된 척도처럼 느껴졌다.

하지만 나의 애틋하고도 간절한 마음과는 달리 구독자 수는 정말 늘지 않았다. 조회 수와는 또 다른 문제였다. 이를테면 요즘 흥행하는 영화 또는 드라마, 육아, 김밥이나 라면 같은 '국민 음식', 또는 이혼과 결혼, 시댁 등을 소재로 글을 쓰면 조회 수가 높게 나온다. 물론 효과가 그때그때 다르고 소재가 같다고 모든 글의 조회 수가 높은 수를 기록하는 건 아니지만, 상승 가능성이 있는 건 분명하다. 반면 구독자

늘리는 방법은 달리 없다. 검색을 해 보아도 나오는 글은 대부분 나처럼 구독자 수가 늘지 않아 고민이라는 넋두리다.

어쩌다 노하우를 담은 글을 찾으면, 하나같이 '먼저 다가가라'라고 말한다. 다른 작가에게 먼저 인사를 건네고 구독하고 상대방에게 구독을 요구하라는 의미이다. 그런데 자신이 구독하는 작가의 수가 구독자 수보다 많은, 흔히들 '없어 보인다'라고 표현하는 상태를 피하고자 '맞구독'을 하고 수일이 지나면 몰래 구독을 취소해 버리는 일이 발생하기도 한다. 그런 식으로 구독자는 많이, 관심 작가는 적게 가져가면 언젠가는 기하급수적으로 구독자가 늘어난다는 게 글의 요지다.

이런 눈 가리고 아웅 하는 방식으로 구독자를 늘리고 싶지는 않았다. 내가 원했던 건 내 글이 다른 사람의 마음에 가닿는 것이었다. 오로지 숫자에 집착하는 어리석은 어른이 되고 싶지는 않았다. 하물며 글을 쓴다는 사람이.

한번은 마음을 움직이는 좋은 글을 읽게 되어 해당 작

가의 채널을 구독하고자 들어가 보았다. 그런데 막상 구독자 수가 많지 않은 것이 눈에 띄었다. 이상하리만치 적은 수였다. 플랫폼에서 상을 받거나 출판 공모에 합격한 작가들도 그 직후에 구독자가 많아졌을 뿐, 원래부터 수많은 사람이 구독했던 것은 아니라는 사실도 알게 됐다. 구독자 수와 상관없이 자기 생각과 글을 당당하게 드러내는 작가들을 보며, 나 역시 내 글에 대한 소신이 있어야겠다고 생각했다. 특정 수치가 높아진다고 해서 글이 가진 힘이 달라지는 게 아니니까. 내가 하는 이야기가 모든 이를 흔들어 놓고 또 마음을 울리고, 모든 이의 가슴에 사랑을 심어줄 수는 없더라도, 적어도 한 명쯤은 가능하지 않을까? 사실 글을 쓰면 그 자신부터 변하게 되니 한 명은 이미 달성한 셈이다. 글을 쓰고 그것을 다시 읽는 나 자신의 존재 자체로 나는 첫 번째 구독자를 확보했다. 그러니 부담은 내려놓고, 내가 아닌 또 다른 한 명을 위해 진심을 담은 글을 쓰자고 다짐했다.

음, 그럼에도 구독자 수가 늘어나면 좋겠다는 거, 많고 많은 구독자 한 분 한 분 빠트리지 않고 감사히 여길 준비가 되어 있다는 사실도 은근하게 적어 본다.

드라마 〈술꾼도시여자들〉에서, 미지근한 소주를 마시며 맛이 더 잘 느껴진다고 말하는 장면이 있다. 과일도 본연의 맛을 느끼려면 냉장고에 넣지 말고 먹으라고 하지 않는가. 글도 그러하다. 뜨겁게 펄펄 끓어오르는 글보다는 미지근한 글이 마음속에 오래 남아 삶의 온도를 데워준다. 글에 따라오는 숫자들이 당신을 살짝 지치게 하더라도, 글벗의 어깨에 기대어 첫 문장부터 차근차근 써 보기를 바란다.

미지근한 온도로, 느슨하지만 절대 지루하지 않은 글쓰기 생활을 만끽하기를.

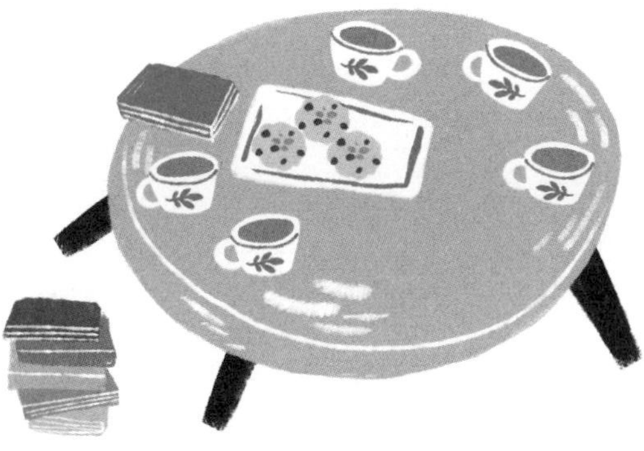

3장

글쓰기의 다음을 꿈꾸다

첫 문장 쓰기의 어려움을 딛고 나만의 글을 하나씩 완성해 나갔다. 단지 글을 썼을 뿐인데 우리는 더 단단해졌고, 이제는 글쓰기 다음의 내 모습을 꿈꾸게 되었다. 여전히 글쓰기는 어렵고, 때로는 포기하고 싶기도 하다. 때로는 글을 쓰지 않아도 사는 데 지장이 없는 사람들을 부러워할 만큼, 글쓰기와 나의 애증 관계는 일상에 스며들었다. 함께 책을 쓰면서 알게 되었다. 우리는 계속 써야 하는 사람들이라는 것을. 저마다 다른 이유로 글쓰기를 시작했지만, '쓰는 사람'으로서 살아가는 우리는 쓰는 행위를 통해 더 나은 자신을 꿈꾼다.

만약 우리의 이야기에 마음이 꿈틀거렸다면, 당신의 꿈은 무엇인지 물어보고 싶다.

당신의 다음은, 어떤 모습인가?

쓰는 사람에게 주어지는 마법 (강하나)

글쓰기를 시작하기 전, 내가 가졌던 의문은 '에세이 작가들과 나는 뭐가 다를까?'라는 것이었다. 당시 내가 예상한 답은 '돈'이라는 외부적인 요인이었다. 경제적 수입이, 경력이 단절된 전업주부를 행복한 삶으로 이끌었을 것이라 여겼다. 그들이 물질적으로 충족되고 타인의 부러움을 사고 안정감을 느낌으로써 행복해졌다고 생각했다.

내 글쓰기 수준으로는 그만한 수입을 내지 못한다. 앞으로도 크게 한몫 잡을 정도까지는 안 될 것이다. 남들은

'겨우 푼돈이나 벌겠다고 글을 쓴다는 거야?' 하며 코웃음 칠지도 모른다. 저축과 생활 모두 여유롭게 가능한 만큼은 벌어야 '당신, 돈 좀 버는군요' 하면서, 그 정도 수익을 낸 글이라야 박수를 보낼 만한 성공이라고 생각할 수도 있다. 성공한 작가가 부유할 수는 있다. 그런데 그가 벌어들인 돈이 반드시 행복한 삶을 보장해 줄까? 이 생각이 내가 잘못되었다는 걸 깨달은 계기였다.

그렇다면 다시 처음으로 돌아가 생각해 보자. 책에서 본 에세이 작가들이 행복한 결말을 맞이할 수 있었던 이유는 무엇일까?

나는 책을 읽으면서 글쓰기를 꿈꾸기 시작했고, 열정이 끓어 넘치다 못해 폭발하고, 마치 굳어버린 용암처럼 손가락 마디가 딱딱해져서 아무것도 하지 않고 멈춰 있기도 했다. 그럼에도 다시 손에 힘을 주고 키보드를 두드릴 수 있었던 건, 독서의 영향이 크긴 하지만 그에 더해 글쓰기 자체가 나에게 주는 힘이 있었기 때문이다.

독서와 글쓰기를 연계하는 것은 누구나 할 수 있지만 아무나 하지 못하는 일이기도 하다. 타인의 생각이 담긴 책을 그저 읽는 것으로만 끝낸다면, 책 속에 담긴 사유와 나의 감상을 합치지 못한 채 제대로 소화할 수 없어 무용지물이 된다. 하지만 독서를 통해 알게 되었거나 떠오른 것들을 기록해 두면, 그것은 남들이 함부로 취급하지 못하는 '내 것'이 된다. 나만의 생각을 글로 쓰는 것부터가 타인의 시선에 흔들리지 않는 단단한 마음을 기르는 일이기 때문이다.

어떤 식으로든 글쓰기는 선순환한다. 그냥 읽고 흘려버리는 독서가 아니라, 감상을 기록으로 남기고 그것을 다시 나의 글감으로 삼는 것이다. 예를 들어 그림책을 읽으면서 경험담을 풀어내는 에세이가 있다. 그런 종류의 에세이는 작가와 독자가 같은 책을 읽고, 작가의 경험이 독자와 비슷하면 공감을, 다른 경우엔 새로운 관점을 맛볼 수 있는 즐거움을 준다.

서평으로 시작해 나의 감정만 쏟아내기 바빴던 일기를 넘어, 객관적으로 나 자신과 내가 처한 상황을 돌아보게 하는 에세이를 쓰기까지, 글쓰기는 내 고질적인 문제인, 타인과 비교해서 부족한 점만 찾아내는 일종의 강박증에서 점점 벗어나게 했다. 그동안 나는 수년 넘게 경력이 단절되어 있다는 사실과, 자격증을 한 개도 취득하지 못한 것이 늘 마음에 걸렸다. 하지만 글을 쓰면서 당장 능력이 없고 재능이 없다고 느껴지더라도 스스로 괜찮다 위로할 수 있었고, 나아가 자신을 더 사랑하게 되었다. 글 쓰는 삶은 이제부터 시작해도 늦지 않았다고, 괜찮다고 생각하게 되니 자신감이 생겼다. 과거의 내가 '과연 할 수 있을까?' 하며 망설였다면, 현재의 나는 '못할 게 뭐 있어? 도전하는 거야'라고 스스로 등을 떠민다.

지금 나는 서평 이외에 다른 길로도 조금씩 눈을 돌리고 있다. 동네를 홍보하는 '서포터즈'나 기자단에도 지원한다. 물론 모집에서 떨어지더라도 '다음에 또 도전하면 되지'

하면서 넘길 수 있는 여유도 있다. 카드 뉴스 제작이나 영상 편집이 서툴러도 거듭 시도해 보고, 부족하면 더 배워서 채우면 된다고 긍정적으로 생각한다. 도전하는 마음, 용기를 낼 수 있고 자신감이 있다는 건, 세상을 향해 나아가는 나의 내면이 더 강해졌다는 것이다.《오즈의 마법사》에 등장하는 도로시와 친구들이 마법 없이도 각자 원하던 바를 이룬 것처럼, 나도 타인의 인정과 경제적인 성취 없이 내적 성장을 이루게 되었다.

나는 새로운 도전 앞에 여러 장벽이 있음을 알고 한계가 있다는 걸 느끼면서도, 지레 겁먹거나 포기하지 않는다. 많은 모임에서 일개 회원으로만 활동했던 내가, 이제는 독서 모임의 운영자가 되었다. 모임장이라는 역할을 나같이 아무것도 아닌 사람이 맡을 수는 없을 거란 선입견을 깨뜨린 것도 글쓰기였다. 꾸준히 글을 쓰면서, 내 안에 있던 막연한 두려움이 조금씩 줄어들었다. 높게만 보였던 벽이 더 이상 벽으로 느껴지지 않았다. 나는 용기와 자신감을 얻는 데 그치지 않고 도전했다. 떨리는 마음으로 개설한 독서 모임은 2년 넘게 유지 중이다.

한 달에 한 번 진행하는 독서토론을 시작하기 전, 나는 매번 토론을 잘 이끌 수 있을지 걱정한다. 예전의 나였다면 못하겠다고 했겠지만, 지금은 다르다. 긴장되고 떨리더라도 해낼 수 있다고 믿는 까닭은, 내가 독서와 글쓰기를 해 왔고 내 생각을 정리할 줄 알고 풀어낼 줄 알기 때문이다.

예전에는 글을 쓰고 책을 내는 건 보통 사람보다 훨씬 뛰어난 사람들만 할 수 있다고 생각했다. 그러나 이제는 인식이 달라졌다. 글쓰기는 거창한 게 아니다. '1인 1 ISBN(국제표준도서번호) 시대'라는 농담이 나올 정도로, 글을 쓰는 사람도 저자도 넘치도록 많다. 그들은 모두 앤절라 데이비스(Angela Yvonne Davis)의 말처럼 '벽을 눕혀 다리로 만든' 사람이다. 다리를 건너가면 또 다른 여러 갈래의 길이 펼쳐지고, 또다시 벽을 마주하게 된다. 스스로 세운 두려움의 벽, 공모전의 벽, 수익화의 벽 등등. 그러나 예전만큼 까마득히 높은 벽은 아니다. 높이도 제각각이다. 그 너머에 무엇이 있는지 희미하게 보일 만큼 낮은 벽도 있다. 그것부터 다리로 만들면 된다.

나는 집에서 살림하고 육아하는 전업주부지만, 밖에서 돈을 벌지 않을 뿐이지 안에서 노는 게 아니다. 나는 가족에게 기대어 아무것도 못 하는 잉여 인간이 아니라, 내 몫을 제대로 해내는 어엿한 한 사람이다. 이 사실을 깨닫는 여정이 내게는 글쓰기 그 자체였다.

예전에는 가사 노동도 육아도 제대로 해내지 못하는 내가 밖에서 얼마나 괜찮은 일을 찾을 수 있을지, 나에게 적당한 일을 맡겨 줄 누군가가 있을지 걱정과 불안에 시달렸다. 자존감이 낮아져 집 바깥에서 생산적인 일을 해낼 자신이 없었다. 하지만 이제는 밖에 나가서 어떤 일을 하든 나

한 사람의 몫을 해낼 자신이 있다. 특히 학벌이나 가사 노동 시간 등을 이유로 스스로 한계 지었던 일들에, 두려움을 떨쳐내고 도전할 수 있게 되었다. 글쓰기가 내게 가져다준, 무엇이든 가능하다는 믿음이 꿈을 현실로 만들고 있다.

다시, 기록으로 돌아가다 조미란

2023년은 내 인생에 큰 사건이 있었던 해다. 수년간 막연하게 꿈꿔 왔던, 내 이름 석 자가 박힌 책이 출간된 것이다. 출간 후 두 달 동안 연이은 '북토크'로 잔치를 벌였고, 잔치가 끝난 자리에는 금세 헛헛함이 자리 잡았다. SNS를 활용한 홍보 활동과 온오프라인 강의 등을 활성화해 보려 했지만, 엄마의 일과 교사의 일을 모두 수행하면서 작가 활동까지 활발히 이어 나가기는 버거웠다. 사실 나는 이런 상황을 예측이라도 한 것처럼, 원고 집필에 몰두하면서도 '책을 낸다고 내 인생에 달라지는 건 없어'라고 수없이 되뇌었다. '책 쓰기는 자기 계발의 끝판왕'이라고 떠들어대는 소리에 흔들리지 않도록 미리 마음 정비를 해 둔 셈이다. 그렇다고 해도 정말 아무런 일도 일어나지 않으니, 이성적 판단과 별개로 감정이 요동치는 건 어찌할 도리가 없었다.

그래서 급히 다음 책을 쓰는 데 몰두하려고 했다. 초고를 쓰면서 '매년 A4 용지 120장 분량의 초고를 쓰겠다'라는 당찬 포부를 품었으니, 시간과 장소만 확보되면 다음 저서의 초고를 금세 완성할 수 있으리라 생각했다. 이것이 지나친 욕심이었음을 깨닫는 데는 오랜 시간이 걸리지 않았다. 나의 첫 책은 본래 출간이 아니라 속에 가득 찬 말을 글로 써내는 것을 목적으로 쓴 글이었다. 하루를 살아내기 위해, 나 자신을 들여다보기 위해 읽은 텍스트가 속에 들어차 아우성치다가 끝내 곪아가려 할 때 절박한 마음으로 끄집어낸 글이었다. 출간을 목표로 시작한 것이 아니었다.

당시 나는 저서 홍보와 관련된 글만 쓰고 있던 터라 이전에 글을 쓰던 감각이 돌아오지 않은 상태였다. 게다가 글을 쓰는 시선이 외부로만 맞추어져 있었다. 감각을 되찾고 내면으로 시선을 돌리기 위해서는 충분한 시간이 필요했다. 여기까지 생각이 이르자, 지금 바로 신간 집필에 돌입하는 건 시기상조라는 판단을 내렸다.

당장 작가 활동도, 다음 책 준비도 물리적으로나 심적으로나 과욕이라는 것을 인정하고 나니 도리어 마음이 편했다. 출간된 책은 이미 나의 손을 떠났고, 나는 늘 그래왔듯 일상을 살아가며 글로 쓸 소재를 찾으면 그만이었다. 읽고 쓰며 사유하는 나, 처음의 나로 돌아가는 게 우선이었다.

가장 먼저 나의 하루를 채우는 방식을 재설정했다. 열 달 동안 '책 쓰기'에 맞추어져 있던 생활 패턴을 바꾸어가는 시간이었다. 예컨대 새벽에 일어나 좋아하는 책 읽기부터,

아이에게 좋은 습관을 만들어 줄 아침 일과 운영하기, 출근하여 유쾌하게 8시간 보내기, 퇴근 후 아이와 오후 시간을 평화롭게 보내기, 일주일 중 닷새는 집밥 해 먹기, 잠자리 독서 다섯 권은 꼭 채우기, 아이와 웃으며 잠들기, 일주일에 한 번 인문학 강의 듣기 등……. 가장 중요한 것은, 그날그날 읽고 배운 이야기를 글로 쓰기. 이런 식으로 일상을 꾸리는 지침을 세우고, 그 내용을 간단한 기록으로 남겼다. 양육 기록, 경제 상황, 필사, 메모 등을 글쓰기 플랫폼과 핸드폰 메모장에 차곡차곡 저장했다. 또 스케줄러와 여러 노트 등을 수기로 작성하기도 했다. 하루의 조각을 쪼개어 어떤 방법으로든 기록했다. 매일은 못 하더라도 틈날 때마다 꼬박꼬박 쓰는 것을 잊지 않았다.

이렇게 다시 일상을 기록하니 변화한 나의 모습이 보였다. 물리적으로는 변한 게 없지만, 사고방식이나 정서 등에서 크고 작은 결실이 있었다. 대표적으로 '자기 수용'과

'관점 전환'을 이야기할 수 있다.

'자기 수용'의 측면에서 보면, 글을 쓰기 전 나는 자신감이 낮은 편이었다. 남들이 보기에는 대차고 목소리 큰 사람인데, 속으로는 '이래도 될까? 이게 맞을까?' 하는 주저함이 있었다. 주저함은 의심을 낳고, 의심은 방어 기제가 되어 나를 갉아먹었다. 그러다 한번 속에 담아 두기만 했던 감정과 욕망을 글로 썼다. 바로 전까지는 어떻게 해도 깨지지 않는 바윗덩어리 같았는데, 글로 쓰고 나니 시원하게 쪼개졌다. 꽉 막힌 속이 뚫리니 미묘한 감정도 들었다.

그렇게 올린 글에 누군가가 공감했다는 반응을 보내고, 그가 겪었던 비슷한 경험을 적어 댓글을 남겨 주었다. 나 혼자만 괴로운 줄 알았는데 이름 모를 누군가도 비슷한 문제로 힘들어하고 있었다니, 머릿속 램프에 불이 켜진 듯했다. 특별하다고 여겼던 괴로움은 사실 파도가 물거품을 이루며 부서지듯 언젠가 당연히 사그라질 보통의 것이 아닐까 싶었다. 그것은 마땅히 힘든 일이지만 또 마땅히 지나갈 일이기도 하니, 지금 나의 상태를 인정해 주고 편하게 살아가도 무방하리라는 안도감이 일었다.

더불어 내 글이 도움이 되었다고 말하고 소통을 이어가는 구독자 덕분에 자긍심도 생겼다. 아이와 실랑이하며 자책하다가 불현듯 뇌리를 스친 생각 하나를 부여잡고 글을 썼고, 남편과 다투고 씩씩거리다가 책에서 읽은 구절을 떠올리며 글을 썼다. 그것들은 추상적이거나 이상적인 이론 따위가 아니라, 24시간 동안 나를 둘러싸고 일어난 현실의 사건이었다. 일상을 곱씹어 글로 쓰다 보니 내가 체험하는 일들에 의미를 부여하게 되었다. 나의 고유한 경험이 귀하게 여겨지자, 나 자신 또한 있는 그대로 그럭저럭 괜찮은 사람처럼 느껴졌다. 이러한 자기 수용은 자연스럽게 자긍심으로 이어졌다.

다른 한 측면은 '관점 전환'이다. 나의 이야기를 글로 쓴다는 건, 특정한 사건을 경험하는 주체에서 일련의 과정을 성찰하는 관찰자로 관점을 바꾸는 일이다. 상황 속에 파묻혀 있을 때 사람은 자신에게 익숙한 대로 사고하고 행동하지만, 거기서 한 발 떨어져 나오면 고정된 행동 양식을 자각할 수 있고 이를 반성할 수 있다.

처음에는 일이 벌어진 후에 반성하는 기록이 난무했다. '오늘 아이에게 고함을 질렀다. 5초만 생각해 보면 그럴 일이 아니었는데', '오늘 아이들 앞에서 남편과 싸웠다. 아이들 자고 나서 싸워도 될 일인데'. 그리고 다짐이 잇따랐다. '아이에게 화가 날 때는 숨쉬기 다섯 번 꼭 하자', '남편에게 화를 내기 전에 어떻게 말하면 좋을지 다시 한번 생각하자'. 이런 기록들이 수십 개가 쌓이니 어느 순간부터 내 속에서 경험 주체와 관찰자의 관점이 함께 작용하기 시작했다.

이전에는 경험자가 상황에 휘말려 날뛰기만 했다면, 반성과 다짐을 담은 글을 수십 편 넘게 쓴 이후로는 경험자와 함께 관찰자가 개입하여 대처 방식을 고민하는 순간이 생겼다고나 할까. 예를 들어 경험자 관점으로만 사고할 때는, 잠을 자지 않는 아이에게 화가 나서 고함을 지르는 것 말고는 떠오르지 않았다. 하지만 관찰자의 관점에서 그 경험을 글로 쓰며 앞으로의 행동 지침을 세워 실천을 다짐하자, 이후 똑같은 상황에 처하더라도 과거에 써 둔 행동 지침을 스스로에게 일깨울 수 있었다.

이런 경험이 쌓이기 시작하니, 감정이 격하게 요동치기 전에 내가 바라는 쪽이면서 나에게 유익하기도 한 방향으로 관점을 바꿀 수 있도록 노력하기 시작했다. 예를 들면, 잠을 자지 않는 아이를 향한 원망이 커지기 전에 '이건 아이에게 자는 시간을 알려줄 수 있는 기막힌 타이밍이다' 하며 관점을 전환하는 식이다. 상황을 불리하게 해석하지 않고 내가 얻을 수 있는 이익에 초점을 맞추도록 연습했다.

나는 '긍정적인 사고'가 무조건 다 잘 되리라 믿고 두 손 두 발 놓아 버리는 게 아니라는 걸, 일상을 기록하며 깨달았다. 내 뜻대로 되지 않는 상황(잠자지 않는 아이)을 무조건 체념하듯 받아들이며('언젠간 자겠지') 자신의 욕구(육체적 피로, 쉬고 싶은 마음)는 뭉개버리는 것을 어떻게 긍정적인 사고라고 할 수 있을까? 수용할 수 있는 건 수용하되, 타협하며 해결할 수 있는 것은 적극적으로 설득해 보는 것. 이게 바로 관점 전환의 묘미다. 상황의 주도권을 빼앗기고 수동적인 입장에 머무는 것이 아니라, 중심을 나에게로 돌려놓고 할 수 있는 것과 할 수 없는 것을 구분하며 내가 취한 이익에 감사하게 되는 것. 이게 바로 지속적인 글쓰기를 통해 실현할 수 있는 가장 매력적인 변화다.

나에게는 '기록으로 남긴 일상의 사유는 언젠가 글이 된다'라는 믿음이 있다. 단 한 줄일지라도, 언제 일어나 뭘 했다는 시시콜콜한 일들의 나열일지라도, 어디에든 저장해 두고 필요할 때 꺼내 볼 수 있는 기록이라면 글이 된다. 충분히 숙성된 글은 형식이 바뀌더라도 그 안에 한껏 농익은 문장이 있기에 언제든 바깥세상으로 뛰쳐나갈 수 있다.

그래서 나는 다시 기록으로 돌아간다. 나를 있는 그대로 보게 만드는 글, 하루를 돌아보고 가꾸게 하는 글, 새로운 관점으로 순간을 바라보게 만드는 글, 고마움이 뭉실뭉실 떠오르는 글. 쓰는 사람으로서 출발점이 되었던 첫 기록을 떠올리며, 글쓰기를 이어가기 위해 오늘도 묵묵히 일상을 적어 간다.

하루하루 순간순간의 나를 어루만지며

이현정

사랑스러운 문장을 찾아서

“벌써 글 쓰고 있는 거 아냐? 좀 있으면 책 나오고 그러는 거 아니냐고.”

언니가 농담으로 던진 말에 머리는 새하얘지고, 영롱하게 울려 퍼진 종소리에 취해 모든 것이 슬로모션처럼 보였던 그날부터, 나는 홀린 듯 글쓰기에 빠져들었다. 열정만 가득 차 있던 나는 첫 책의 원고를 두 달 만에 완성했다. 신인 작가에게는 완성된 원고를 투고하는 것이 유리하다는 말과, 글 꼭지가 마흔 개는 있어야 한다는 말을 따라 열심히 준비했다. 주말을 제외하고는 밤늦게까지 글을 썼다. 내 안에 쌓아 두었던 이야기들을 잔뜩 꺼내서 나 홀로 수다를 떨었다.

별스럽지 않은 퇴고를 살짝 거친 후, 인터넷에서 정보를 찾아 '출간 기획서'라는 것을 작성했다. 일하는 동안 기획서라는 걸 한 번도 써 본 적 없던 나는, 기획서 항목을 채우는 게 낯설고 어색했지만 설레기도 했다. 내가 아끼는, 내 마음을 담은, 나의 글을 소개하는 일이었기에 즐겁고 흥분되었다. '누가 알아? 혹시나 출판사에서 연락이 올지. 아니, 꼭 연락이 올 거야. 단 한 군데에서라도 연락이 오면 그걸로 되는 거니까.'

직접 서점에 가서 책마다 맨 끝에 적혀 있는 출판사 메일 주소들을 핸드폰 카메라로 하나하나 찍어 왔다. 투고 메일을 쓰는 것도 허투루 할 수 없었다. 각 출판사의 색깔에 맞는 글을 정성스럽게 작성해야 했다. 메일을 보낸 출판사로부터 연락이 오기까지 넉넉잡아 3주는 기다려야 했다. 그러나 '아쉽게도'라는 말로 시작하는, 전혀 아쉽지 않은 메일만 도착할 뿐이었다. 느낌상 백 군데는 족히 보낸 것 같아, 기획서를 수정해 보았다. 그러고는 다시 메일을 보냈다.

출산보다 어려운 게 있다면 투고가 아닐까 하는 생각이 들 정도로 잔혹했던 시간이 이어진 끝에, 내 원고를 긍정적으로 검토하고 있다며 만나고 싶다는 연락을 한 통 받았다. 출판사에서 만나자고 하는 건 거의 계약하자는 말과 다름없다는 선배 작가들의 조언에 기쁨을 만끽할 준비를 한 채 약속했던 장소로 향했지만, 결국 계약은 성사되지 않았다. 그렇게 나는 투고를 멈추었다.

그로부터 몇 개월이 흐르고도, 여전히 저서 출간을 원하는 마음이 가라앉지 않았다. 출간 경력이 있는 작가가 되고 싶었다. 그러려면 뭐라도 해야 했다. 글부터 고쳐야겠다는 생각이 들었다. 퇴고는 원래 시간차를 두는 게 가장 효과적이니까. 삼백 일 정도면 퇴고할 때도 실력의 삼백 퍼센트는 발휘할 수 있을 것 같았다.

먼저 투고하면서 받았던 피드백을 바탕으로 글을 고쳤다. 일 년여의 시간이 흐르면서 나는 거의 매주 두 편 이상의 글을 썼고, 짧은 글도 계속 써왔기에 솜씨가 전보다는 조금 나아진 듯했다. 막힘없이 원고를 고치기 시작했고, 구성도 바꾸었다. 내용이 빈약했던 부분의 기획도 바꾸며 새로운 글을 작성했다. 출간 기획서도 다시 썼다. 어떤 때보다도 정성을 들여 한 글자 한 글자 써 내려갔다. 그렇게 불안과 아픔, 희망, 간절함 등이 버무려진, 내 꿈의 원고는 다시 출판사를 향해 날아갔다.

될성부른 원고는 보내자마자 출판사로부터 연락이 온다고 하던데, 그런 경우가 얼마나 있는지가 여전히 궁금하다. 투고한 글이 출판사 마음에 쏙 들 확률이, 신인 작가의 경우 얼마쯤인지 듣는다면 더 용기를 낼 수 있을 것 같지만,

역시 나에게 그런 일은 일어나지 않았다. 조금 더 진득하게 기다리자는 심정으로 2주를 보냈고, 마침내 답장이 왔다. 메일에 적힌 문장들은 내가 본 것 중 가장 사랑스럽고 감동적이었다. 남편이 연애 시절에 써 주었던 엽서의 글귀보다도 훨씬 더 그랬다. 투고를 하며 눈여겨보던 출판사였는데, 실제로 대화를 나눠 보니 나와 결이 비슷하다는 것을 느낄 수 있었다.

그 후로 며칠 혹은 몇 주 뒤 몇몇 출판사로부터 러브콜을 더 받았지만, 이미 계약을 마치고 작업을 하고 있다며, 이번에는 정말 아쉬운 마음을 담아서 답변을 보냈다.

나의 첫 투고작은 출판사에서 약속한 그대로, 정말 어디에도 없는 예쁜 책으로 세상에 나왔다. 지금 생각하면 어떻게 그렇게 용감할 수 있었나 싶다. 글을 많이 쓴 것도 아니고, 잘 쓰는 것도 아니고, 그렇다고 '인플루언서'도 아니면서, 감히 책을 내겠다고 생각하다니. 내 글에 대한 대가를 지불받기를 바라고 쓴 건 아니었지만, 책이란 건 어쨌든 돈을 내고 사야 하는 재화이므로 다른 한편으론 참 뻔뻔했다는 생각도 든다. 하지만 가끔 그 풋풋한 열정이 그리워지기도 한다.

평생 꿈꾸며 사는 게 꿈입니다

나는 더 나은 삶을 살고 싶어서 글을 썼다. 글을 쓸 때면 부정적인 내용보다는 긍정과 희망을 이야기하게 됐으니까. 화가 솟구쳤던 일도 글로 쓰다 보면 사정을 이해하고 받아들이게 된다. 도저히 이해하지 못할 말도 글로 마주하면 가만 인정하게 된다. 나는 삶에서 느낀 향기들을 글에 담아 나누고 싶었다. 나도 누군가에게 진한 향기를 내는 존재이기를 바랐다. 글로 잘 다듬어진, 선한 영향력을 끼치고 싶었다.

글과 책을 쓰는 과정은 나의 존재를 확인하는 과정이다. 글쓰기란 내가 서 있는 자리를 마주하고, 내가 어떤 사람인지 공표하는 일이다. 바뀌는 것은 거의 없다. 나는 여전히 그 자리에 있었고 내가 입고 있는 역할의 옷은 거의 비슷했다. 계절 따라 세월 따라 약간의 차이가 생길 뿐, 무대가 조금 더 커지고, 관객이 더 많아졌을 뿐, 내 삶은 그대로다. 처음 이 사실을 알았을 때는, 더 나은 사람이 되지 못할까 봐 막막했다. 하지만 글쓰기는 초조함 속에서도 흔들리지 않는 나를 만나게 해 주었다.

무조건 1등이 최고고, 이왕이면 상을 받아야 하고, '열심히'가 아니라 잘해야 한다는 세상의 잣대에 나는 더 나은 사람이 되기 위해 무던히도 애를 썼다. 내가 있는 자리를 인정하기보다는 두세 발 앞선 자리만 바라보며 성과를 내는 것에 초점을 두었다. 그런데 글을 쓰면서 깨달았다. 나는 더 나은 사람이 되지 못한 게 아니라, 원래 꽤 괜찮은 사람이었다는 사실을.

어릴 적 나는 의사가 되기를 포기한 사람이 아니라 엄마를 위할 줄 아는 따뜻한 마음씨를 가진 아이였고, 잘하는 일로 진로를 결정할 줄 아는 학생이었으며, 주어진 것을 겸허히 받아들여 최선을 다하는 성인이었다. 또한 지금 나는 두 아이와 가정을 위해 기꺼이 나의 길을 우회하는 사람, 생명을 길러낸다는 것이 이 세상 어떤 일보다 값지다는 사실을 아는 사람, 아이들과 우리 모두의 미래를 위해 친환경적인 실천을 지속하고자 노력하는 사람, 피어나는 새싹의 초록과 떨어지는 낙엽의 빨강을 지나치지 않으며 소소한 행복을 누릴 줄 아는 사람이다. 그러니까 나는 이미 이대로도 좋은 사람이다.

이렇게 생각하면 매일매일 행복한 순간이 더 많아진다. 아이들과 아무렇게나 어깨춤을 추며 하하 호호 웃는 순간도, 산더미처럼 쌓인 일을 잠시 미뤄두고 잠깐 하늘을 보거나 침대에 널브러지는 순간도, 괜찮냐는 말 한마디에 펑 펑 눈물을 쏟아내는 순간도, 모두 있는 그대로의 내가 살아 숨 쉬는 순간이고 그 자체만으로도 값진 순간이다.

나는 책을 쓰며 욕구를 충족하고, 스스로를 객관화하여 바라보는 시간을 가진다. 있는 그대로의 나를, 내 안의 작고 소중한 것들을 사랑하며 살고 싶어서 글을 쓴다. 먼 미래를 그리며 더 나은 사람이 되고 싶다고 꿈꾸기보다는 하루하루의 나를 실컷 어루만지며 행복하게 살고 싶다. 오늘의 내 모습이 온전한 나의 모습이라는 것을 받아들이며 순간순간의 나를 사랑하고 싶다.

이제 와 누군가가 나에게 꿈이 무엇이냐고 묻는다면, 나는 꿈을 꾸며 사는 게 꿈이라고 말할 것이다. 순간을 즐기고 나를 인정하고 사랑하며 사는 꿈, 그런 꿈을 꾸는 나의 옆자리엔 언제까지나 '글쓰기'라는 인생의 동반자가 함께 할 것이다.

좋아하는 것을 계속 좋아할 수 있도록

김미정

글을 쓰는 동안만큼은 현실과 조금 동떨어진 곳에 있는 느낌이 든다. 내 인생에 다시없을 '한 달 천하'를 누리던 그때처럼 말이다.

"배 속에 있을 때가 제일 편할 때야. 하루에도 몇 번씩 다시 배 속에 집어넣고 싶어져."

임신 후, 나보다 먼저 아이를 낳은 '선배 엄마'들이 입을 모아 경고했던 말이다. 나는 이미 많은 육아서와 영상 매체를 통해 육아의 힘듦을 알고 있었기 때문에, 그런 말을 들을 때마다 고개를 끄덕이며 다시금 각오를 다지곤 했다. 그렇게 마음의 준비를 한 덕이었을까? 아이를 낳고 한 달 동안은 나에게 누군가의 엄마가 되기에 천부적인 재능이 있었던 것처럼 행복한 시간의 연속이었다. 아이는 제때 기저귀를 갈아 주고 젖을 먹이고 안아 주기만 하면 천사가 따로 없는 순둥이였다. 나 역시 육아가 체질이라는 생각이 들 정도로 모든 일이 편안했다. 나의 엄마가 그랬던 것처럼 육아일기를 쓰기 시작했고, 아이에게 영양가 있는 젖을 먹이기 위해 미역국과 밥도 잘 챙겨 먹었다.

특히 산후조리원에서 보낸 2주는 마치 여왕이라도 된 듯 호사를 누렸다. 산모를 위한 '특별 마사지 서비스'를 받을 수 있었고, 전문가로부터 혼자 아이를 씻기는 방법도 배웠다. 시간에 맞춰 산후조리 요가를 하고, 아이와 함께 있으면서도 자고 싶을 때 자고, 먹고 싶을 때 먹을 수 있었다. 퇴실하는 날 아침엔 불현듯 알 수 없는 두려움과 불안감이 엄습해 오기도 했지만, 잠시뿐이었다. 집에 돌아와 보니 남편이 준비한 차분하고 정갈한 공간이 아이와 나를 반겨 주었다. 몇 날 며칠 고민해서 구입한 매트에 아이를 처음 눕혔을 때, 내가 한 아이의 엄마가 되었다는 사실을 재차 실감하며 설렘과 기분 좋은 긴장감을 느꼈다.

그리고 또 2주간 산모·신생아 건강 관리사의 도움을 받았다. 관리사님이 아이를 맡아줄 때 느긋하게 식탁에 앉아 밥을 먹거나 짧은 산책을 하곤 했다. 아기 천사를 보려는 손님들이 하루가 멀다고 찾아와 주었다. 그렇게 출산일로부터 한 달이 지났다. 관리사님은 다른 산모를 도우러 떠났고, 매일 오시던 시어머니도, 영상통화를 걸어 조카를 불러대던 동생도, 친구들도 모두 저마다의 일상으로 돌아갔다. 모든 것이 제자리로 돌아간 것과 반대로 나에게는 대혼란의 시기가 찾아왔다. 아이는 밤마다 울어대고, 나는 잠도 제대로 자지 못한 채 아침을 맞기 일쑤였다, 주말만 손꼽아 기다리게 되는, 선배들이 예고한 그대로였다.

그랬던 아이가 어린이집을 다닐 나이가 되어 처음으로 등원했던 날, 그때 느꼈던 양가감정을 여전히 기억하고 있다. 내게도 드디어 자유 시간이 생겼다는 해방감과, 분신처럼 함께 했던 아이와 분리되기 시작했다는 데서 오는 상실감을 동시에 느꼈다. 그 이후로 나의 시간은 아이가 학교에 가 있는 시간과 학교에서 돌아오는 시간을 기준으로 나뉘었다. 육아로부터 해방되는 시간과 다시 얽매이는 시간, 그렇게 둘로 쪼개진 하루를 살고 있다. 이것은 어쩌면 아이를 키우는 동안 계속될 엄마들의 굴레가 아닐까?

육아서에서든 부모 대상 강연에서든 단골로 나오는 질문이 있다. "엄마로서 당신의 아이가 어떤 인생을 살면 좋겠습니까?" 얼핏 들으면 쉬운 질문인 것 같지만, 막상 대답하려고 하면 그렇지 않다는 걸 알게 된다.

무엇을 하며 어떻게 살아야 좋은 인생일까? 일단 이 험한 세상에서 잘 살아가기 위해 기본적으로 필요한 것을 갖추어야 할 텐데. 그런데 '기본'에 해당하는 요소는 무엇일까? 부른 배를 쓰다듬으며 '그저 건강하게만 자라다오' 말하던 엄마의 초심은 온데간데없이 사라지고, 좋은 인생의 조건을 따져 물으며 깊이를 알 수 없는 구덩이를 파고 있는 자신을 발견하게 된다.

사실 이 질문의 이면에는, 진정 말하고자 하는 바가 숨어 있다. 즉 아이의 인생을 생각하기 전에, 아이를 키우는 엄마 자신의 인생을 돌아보라는 의미가 담겨 있는 것이다. 엄마가 행복해야 아이가 행복하다는 사실을 모두 알고는 있다. 하지만 엄마들의 대다수는 아이의 행복이 곧 자기 행복이라는 마음으로, 아이를 위한 일에만 몰두한 채 스스로를 돌보지 않는다.

나 또한 욕심이나 욕망 없이, 갈등도 없이, '좋은 게 좋은 것'이라 생각하며 평화주의자인 척 가면을 썼다. 하지만 책을 읽고 글을 쓰면서 내가 정말로 좋아하는 것이 무엇인지 발견하게 되었고, 숨겨왔던 욕망이 무엇인지도 알게 되었다. 그래서 조금은 이기적인 행동일지라도 나 혼자 조용히 책을 읽고 글을 쓸 수 있는 시간을 정해 두었다. 마치 유리 구두에 드레스를 입은 신데렐라가 밤 열두 시를 넘으면 재투성이 누더기를 입은 신데렐라로 돌아가야 하는 법칙과 같이, 나는 오후 세 시 전까지는 글 쓰는 신데렐라가 되고 세 시가 넘으면 다시 엄마로 돌아오는 삶을 살고 있다.

글쓰기의 유익함을 깨닫고 체험했다고 해서, 글쓰기가 매번 쉽고 절로 문장이 나오는 건 아니다. 좋아하는 것을 계속 좋아하도록 유지하는 것은 또 다른 차원의 문제다. 특정한 과정이나 상태를 일정하게 유지할 수 있는 능력을 지속가능성, 또는 회복탄력성이라고 한다. 다른 일들과 마찬가지로 글쓰기에도 이러한 능력을 높여 줄 장치가 필요하다.

나의 경우 '새벽 5시에 일어나는 습관'이 그 장치가 되었다. 나는 남편과 아이가 잠에서 깨기 전, 오롯이 혼자인 채 마음껏 글을 쓸 수 있는 시간을 갖고자 새벽 5시 기상 원칙을 유지하고 있다. 만일 새벽 일찍 일어나는 게 본인에게 맞지 않는다면 다른 시간을 활용해도 아무 문제가 없다. 예를 들어 아이가 어린이집에서 돌아오기 전의 시간이어도 좋고, 모두가 잠든 후의 고요한 시간이어도 좋다. 그저 조용히 '나다움'을 드러낼 수 있다면, 그것으로 충분하기 때문이다.

간혹 혼자만의 시간에 고립되어, 실력이 발전하기는커녕 한 줄 쓰는 것도 버거워질 수 있다. 그럴 때 필요한 것이 다른 사람과 함께 쓰고, 나눠 읽는 일이다. 요즘 나는 내가 좋아하는 것을 다른 사람과 함께 나누는 즐거움을 경험하고 있다. 책으로 만난 사람들이 서로 연결되는 느낌은, 나에게 있어서 미래를 살아갈 원동력이 된다. 언젠가는 모임을 통해 배우고 느낀 것에 관해서 쓰고 싶다. 비록 전문가처럼 능수능란하지 못하더라도, 돈벌이가 안 되더라도 말이다. 좋아하는 일을 배우고 타인과 함께 즐기면서 사는 기쁨이야말로 좋아하는 것을 계속 좋아할 수 있게 만드는 힘이기 때문이다.

혼자 가면 빨리 가지만 함께 가면 멀리 간다는 말이 있듯, 글쓰기도 마찬가지다. 혼자서는 금세 지치고 만다. 함께 나아갈 사람들을 만나 천천히, 꾸준히 걸을 수 있는 힘을 쌓아야 한다. 마감 기한은 있지만 재촉하지 않고, 서로서로 용기를 북돋아 주며, 쓰는 생활을 유지할 수 있도록 응원해 주는 사람들의 존재는 아주 중요하다. 나아가 나 또한 누군가에게 그런 사람이 되어 주고 싶다는 소망 역시 글을 쓰는 힘이 되어 줄 것이다. 이 다정하고 따뜻한 연결고리 안에서, 글쓰기는 지속 가능해진다.

오늘도 빈 페이지를 채우며 (우혜진)

2020년 첫 책을 내고 1년에 한 권씩 책을 내고 싶다는 꿈을 마음에 담았다. 한 가지 주제로 책 한 권의 분량을 써 봤고, 지난 이야기를 담은 글을 퇴고하면서도 현재를 부지런히 또 써내고 있었다. 그래서 1년에 한 권씩 책을 내는 것은 불가능한 일이 아니라고 생각했다. 해 보았다는 경험은 무한한 자신감을 불러왔고, 그 과정에서 겪은 힘에 부치고 얼룩진 경험은 이미 지난 일로 희미해져 버렸다. 왜곡된 기억 덕분에 뭐든 한 번이 어렵지 두 번째는 쉬운 법이라며 출간의 벽을 낮춰놓았다. 첫 책을 냈으니, 그다음 책을 내는 일은 마음만 먹으면 그냥 이루어지는 일이라고 단정 지어 버렸다.

이 용감무쌍한 다짐을 이뤘다면 지금 나는 책 세 권을 쓴 저자이자, 지금 쓰고 있는 이 책은 4번째 책쯤 되겠다. 첫 책과 이 책 사이에는 4권의 책이 있다. 사실이라면 좋겠지만, 내 노트북 파일 개수로 본다면 그렇다. 이 책을 쓰기 전까지 나는 쓰고 멈추고, 투고하고 멈추곤 했다. 첫 책을 쓰며 거의 1년 동안 겪은 과정을 4년째 반복하는 중이라고 해야 할까? 마치 파도가 밀려오고 나가며 다시 그 자리를 찾아오는 것처럼 포기할 수 없어 꺼내고 넣고……. 그렇다고 쓴 글들을 버릴 수도 없어 쌓아 두는 중이다. 초보 작가가 첫 책을 내며 품었던 그 꿈은 꽤 야무진 것이었음을, 과한 욕심이었음을 알게 되었다.

엄마라는 이름만으로 일상을 채우다가 '나'라는 사람

의 쓸모에 대해 생각했고, 그 답을 찾고자 글을 썼다. 그렇게 만들어 낸 책은 5년 만에 내 이름을 되찾아 주었다. 아이를 보는 일 외에 할 수 있는 일이 있는 사람이 되고 싶었다. 그리고 무엇을 하며 살아가야 할지, 원초적인 고민 끝에 낸 책이었다. 그래서 더욱 애착이 생겼다. '예전에 한 권 써본 사람'이 아니라 '항상 글을 쓰는 사람'으로 존재하고 싶었다. 고작 책 한 권 써 본 사람에 머무르고 싶지 않은 마음으로 부지런히 글을 쓰면서 말이다.

글을 쓰면 쓸수록 하고 싶은 이야기는 점점 더 늘어났고, 글감은 넘치도록 보였다. 생각이 떠오르는 대로 모두 다 쓸 수는 없었지만, 매일 시간을 내 짧은 글이라도 썼다. 신이 나서 글을 쓰다 보면 이 이야기로 책을 엮어볼까, 싶은 마음이 생겨 갑자기 목차를 구성하기도 했다. 책을 내는 과정을 모두 다 잊은 사람처럼 '이러면 또 책이 하나 나오겠지!' 생각하며 뚝딱하면 책이 만들어지는 양 움직였다.

폴더에 저장된 책은 4개. 이것은 목차를 짜고, 글을 쓰고, 투고하는 과정을 혼자 4번 반복했다는 뜻이다. 원고를 다 써내고 두근두근 떨리는 마음으로 투고했다. 두 번째였지만 처음과 마찬가지로 투고하는 시간 동안 나는 수시로 작아지는 나를 느꼈다.

'이걸 왜 또 하고 있지' 하는 생각과 동시에 실패가 찾아왔다. 이게 아닌가, 싶었다. 조금 손보고 두 번째 기획서를 만들어서 또 투고하고, 반응이 없자 다시 전면 수정하고. 그 과정을 거치니 진짜 책은 없고 원고만 컴퓨터에 수북이 쌓였다. 누군가가 낸 두 번째, 세 번째 책을 보고 제일 먼저 달려가 책을 사서 어떤 이야기를 썼는지 살펴보며 씁쓸해한 적도 있다.

'다른 이는 해내는데 나는 왜 아직 한 권에 머물러 있을까?'라는 마음의 소리가 들릴 때면, 다시 원고와 기획서를 열어 수정해서 슬쩍 또 투고했다. 그리고 출판사에서 답이 없으면 은근슬쩍 지금 당장 할 일들이 많다며, 다시 넣어 두었다. 그 시간 동안 나 외에 아무도 나의 이런 사실을 모른다는 것에 안도했고, 불행인지 다행인지 그 생각 덕분에 계속 시도하고 실패했다.

그럼에도 다행인 건, 나를 이렇게 커졌다 작아졌다, 이랬다저랬다 하게 만드는 글 쓰는 일이 늘 좋았다는 것이다. 글을 써내고 나면 느껴지는 개운함 때문에 쓸 수밖에 없었고, 내가 원하는 책이 되지 않는다고 해도 머리를 쥐어짜 써내는 날은 끝까지 해냈다는 보람이 생겼다. 어느 때고 쓰는 일은 좋았다. 글을 여태 써보지 않았음에도, 나는 글을 쓰며 살아갈 사람이라는 걸 첫 책을 쓰며 알게 되었다. 30대 중반이 되어서야 좋아하는 일을 찾았다고 해야 할까? 쓰는 삶이 만족스러웠고, 자랑스러웠다. 현실의 소란스러움을 이 백지에 쏟아내면 언제 그랬냐는 듯 웃으며 살아낼 수 있었다. 그래서 계속 쓰는 사람, 계속 책을 내는 사람이 되고 싶었다. 책을 쓰는 일은 글을 쓰는 일과 확연히 다르지만 말이다.

"이야기가 쌓여야 책이 될 텐데, 일 년마다 책을 내면 너무 가볍지 않을까요?"

책을 내고 싶은 마음 앞에서 자꾸만 작아지는 나의 하소연을 듣고 누군가 말했다. 처음 이 말을 들을 때는 기억해 뒀다가 왜 매년 책을 낸다고 마음먹고 실행하지 못하는지, 스스로 꾸짖을 때마다 내 뜻인 양 꺼내 보려고 했다. 마음이 뾰족한 상태라 공감하지는 못했지만, 시간이 쌓여야 좋은 이야기가 되니 서두르지 말자고, 마음에도 없는 소리를 해 볼까 치사한 마음도 가졌다. 그러면서도 이 말을 담아두었다. 투고의 벽이 높다고 느낄 때마다 꺼내 보면서 그렇다고 믿어보려고 말이다. 매년 출간한다는 나와의 약속이 계속 실패한 원인은 그동안 쓴 이야기들이 가치가 없어서가 아니라, 내가 아직 채워지지 못했기 때문이라는 사실을 이제는 안다.

"엄마, 오늘 회사 가는 사람 같아."

등원을 위해 나서는데 아이가 엄마의 의상이 달라진

것을 보고 한마디 했다. 평소 같으면 운동복 바지나 청바지에 티 하나 걸치고 나서는데, 그날은 원피스에 재킷을 입은 엄마의 모습이 아이 눈에는 이상해 보였나 보다.

"오늘 너무 예쁘세요, 어디 가세요?"

아이 손을 잡고 어린이집에 들어서니 선생님도 아이와 같은 이야기를 한다. 오늘 내가 보통 때와 다르긴 한가 보다 싶어서 씩 웃었다. 내가 직장 생활을 한 게 언제였는지 생각해 본다. 첫 아이를 낳기 전까지니까, 무려 8년 전에 출근이라는 것을 했다. 그러니까 누가 봐도 회사 가는 사람처럼 보이는 오늘은 내가 8년 만에 출근하는 날이었다. 모든 것이 낯선 아침이었다.

책을 내고 온라인에서 활동하다 보니 한계가 느껴졌다. 코로나19 시기여서 어쩔 수 없이 온라인으로 사람을 만날 때였지만, 직접 만나 글을 쓰고 그림을 그리고 싶었다. 코로나19가 잠잠해진 시기, 나는 적당한 공간을 찾기 시작했다. 실패할지도 모르지만, 지금 해 보고 싶다는 마음이 들어 얼른 몸을 움직였다.

나만의 작업 공간이자 글을 쓰고 그림을 그리고 싶어 하는 사람들과 함께하는 이 공간을 나는 '글 그림 공방 나담 스튜디오'라고 부른다. 글 그림 공방이라는 용어가 있는진 모르겠지만, 내가 하고 싶은 이야기를 담을 수 있는 이름으로 지었다. 아직은 작고 소박한 공간이고 질서가 잡히지 않은 어수룩한 곳이지만 말이다.

요즘 나는 글쓰기와 그림 그리는 일로 일상을 채운다. 글과 그림은 취미가 되었다가 일이 되고, 일이 되었다가 취미가 된다. 나는 취미와 일의 경계가 희미한 그런 날들을 살아가고 있다. 내 글을 쓰고, 타인이 글을 쓸 수 있도록 도우며, 내 그림을 그리고, 타인이 그림을 그릴 수 있도록 돕는다. 내가 좋아하는 일을 다른 사람과 함께 공유하며 사는 것이다. 글과 그림이 일상이 되었다는 사실이 신기하고 또 신기하다. 책을 읽었더니 글을 쓰게 되었고, 글을 썼더니 그림을 그리게 되었다. 우연처럼 꼬리에 꼬리를 물고 나타난 이 변화는 나를 이곳으로 데려와 주었다.

"글을 써 보세요. 그림을 그려 보세요."

다른 일을 권하는 것처럼 말했지만, 사실 나는 한 가지 이야기를 건네고 있다. 현실은 힘들겠지만, 글을 쓰고 그림을 그리는 시간만큼은 자유로워지라고, 자유롭게 나를 표현해 보라고 말이다. 글을 쓰는 일과 그림을 그리는 일은 다른 것 같지만, 두 가지를 다 경험해 보니 비슷한 점이 많다. 글과 그림은 주인과 비슷한 분위기를 품고 있다. 특히 빈 페이지 위에서 시작한다는 점이 똑 닮았다. 여백이 가득한 종이에 점 하나 찍는 일. 나 혼자 그 공간을 채워야 하는 막중한 책임이 그곳에 있기에 누군가는 그 여백을 즐기고 또 누군가는 거부한다.

나는 오히려 그 부분에서 자유를 느낄 수 있었다. 하나의 잣대로 평가하고 지적받는 것에서 벗어나 정답이 없다는 사실만으로도 마음이 편해졌다. 이 나이에 내 마음대로 그리면 또 어떤가. 물론 내가 보기에 못 쓴 글 또는 못 그린 그림이 있을 수 있지만, 자기만족의 기준을 조금만 낮춘다면 누구의 평가도 중요하지 않았다. 대학입시를 위해서 붓이나 펜을 잡는 것도 아니니 부담이 없다. 이럴 때 마흔이라는 나이는 10대보다 좋다.

오늘도 나는 글을 쓰고 그림을 그리며 빈 페이지를 채운다. 그리고 아이러니하게 아무것도 없는 그곳에서 많은 것을 발견한다.

'너 여기에 뭘 쓸 거야? 뭘 그릴 거야?'

비어있는 그곳이 이렇게 묻는다. 어느 날은 아무 계획 없이, 가끔은 나름의 스케치를 펼치며 빈 캔버스를 물감으로 가득 채우고 나면 그제야 느껴지는 희열이 있다. 내 이야기로 A4용지 두 장을 채우고 나서 마지막 문장의 점을 찍는 순간 찾아오는 기쁨, 내가 이걸 해냈구나 싶은 마음이 더해져 기특함마저 느껴진다. 흰 페이지와 맞서 이긴 느낌이랄까? 이 사소한 일에 성취, 쟁취 이런 거창한 단어들까지 떠오르고 씩 웃으며 마침표를 찍는다.

"빈 캔버스와 싸워서 이기세요."

글을 쓰며 만난 화가 엄마가 나에게 이렇게 말했다. 이 말을 들을 때는 이게 무슨 비장한 응원인가 싶었는데, 이제야 알겠다. 빈 캔버스는 외로운 싸움이라는 것을. 내 이야기를 채워나가는 일은 누구도 대신해 줄 수 없을뿐더러, 끝내 해내기 위해서는 과정에서 마주하는 나의 밑천과도 싸워야 한다. 혼자만의 싸움에서 포기하지 않고 끝까지 해내야 이기는 게임. 인생처럼 그림도 글도 그렇다. 글을 쓰고 그림을 그리며 많은 사람과 연결된다. 다양한 생각에서 나오는 이야기들은 나에게 스며들어 또 다른 내가 만들어진다. 덕분에 어제보다 오늘 채울 빈 페이지가 더 기대된다.

4장

오늘도 쓰는 사람들

각자의 이유로 글쓰기를 시작하고, 저마다의 시행착오를 거쳤다. 각기 다른 다음을 그리며 다른 꿈을 향해 나아가는 우리에게 단 하나의 공통점은 오늘도 '쓰는' 사람들이라는 것. 쓰는 행위를 지속함을 통해 우리는 서로에게 꽤 다정한 글벗이고, 자신에게 꽤 믿음을 주는 작가로 우뚝 서고 있다. 우리의 이야기를 글로 쓰고 싶어 펜을 들었다. 그리고 어디서부터 어떻게, 어떤 마음으로 써야 하는지 몰라 멀뚱멀뚱 하얀 여백만 마주하고 있는 당신에게 우리가 아는 소소한 글쓰기 이야기를 풀어놓으려 한다. 오늘도 글을 쓰는 5인의 수다스러운 대담 속에서 글쓰기에 대한 진심을 알아봐 주기를. 그리고 이제는 글쓰기의 주변을 어슬렁어슬렁 배회하는 주변 사람이 아닌, 함께 오늘도 쓰는 사람들이 되기를 응원하며…….

오늘도 쓰는 사람들, 5인의 수다스러운 글쓰기 이야기를 시작해 볼까요? 여기 글력이 몇십 년 된 작가님들도 있는 걸로 알아요. 미란 작가님이 28년, 미정 작가님은 30년이라고 들었어요. 두 분의 글쓰기 시작은 언제인가요?

사실 저는 글쓰기에 대한 질문이 나올 때마다 "아유, 글쓰기라뇨? 글쓰기는 해 본 적이 없는걸요"라고 이야기하는 사람 중 한 명이었어요. 초등학교 3학년 때, 학교 숙제로 일기 쓰기를 시작했는데요, 선생님이 제 일기를 보고 칭찬 코멘트를 해주는 게 좋았어요. 그러다 일기 검사를 하지 않는 시기가 왔는데도 계속 일기가 쓰고 싶더라고요. 그 마음이 지속되면서 하루를 정리할 때 일기를 쓰고 기록하는 습관을 갖게 됐어요.

처음에는 노트 한바닥 가득 채워서 쓰는 데 집착했는데요. 이제는 양에 집착하지 않고 무언가를 기록하는 데 의의를 두고 글을 쓰고 있어요. 그래서 저는 일기가 글쓰기라고 생각하고 30년이라고 말했던 거예요.

일기도 글쓰기의 하나죠. 처음 시작하는 사람들은 대부분 일기 쓰기로 시작하지 않나요?

그럼요. 저도 일기로 글쓰기를 시작해서 지금 28년 경력을 갖고 있는데요. 여느 아이들처럼 일기 쓰라고 하면 절대 쓰지 않는 청개구리 같은 아이 중 한 명이었어요. 그러다 우연히 《안네의 일기》를 읽고 안네처럼 비밀 일기를 쓰고 싶더라고요. 그때부터 제 일기장 속 주인공 이름을 '아묘'라고 짓고, 아묘에게 비밀 일기를 썼어요. 엄마에게 차마 못 하는 말과 누군가를 미워하는 마음을 썼죠. 그게 나만을 위한 글쓰기의 시작이랍니다.

처음 쓰기에는 일기만 한 것이 없는 것 같아요. 그런

데 일기는 지속하는 게 참 어렵잖아요. 저도 일기를 꾸준히 쓰려고 해 봤는데 쉽지 않더라고요. 3일 쓰다가 다음 달에 새로 쓰고, 또 그러다가 해가 바뀌고, 그러면 다시 또 며칠 쓰다 말거든요. 일기를 꾸준히 쓰는 방법이라도 있을까요?

저도 일기 쓰기 싫은 날이 있어요. 그런 날에는 '아, 일기 정말 쓰기 싫은 날'이라고 한 줄이라도 적어 놓아요. 그러면 그게 그날 나의 감정이고 글감이 되더라고요. 그리고 매일 기록하는 데 초점을 맞추기 위해, 칸이 넓고 장황한 다이어리보다는 날짜 형을 사서 작은 칸에 단 몇 줄이라도 기록하려고 했어요. 다이어리에 빈칸이 보이지 않으면 동기부여도 되고 계속 쓰는 데 도움이 되거든요.

저는 온라인 일기 쓰기도 추천해요. 저의 온라인 글쓰기 시작은 싸이월드 비공개 일기였거든요. 그렇게 끼적이며 온라인 비공개 일기를 남기다가 출산과 육아를 거치면서 보다 적극적으로 온라인 글쓰기를 활용했어요.

두 작가님은 정말 어릴 적부터 일기 쓰기로 글쓰기의 탄탄함을 다져왔네요. 미란 작가님은 일기장의 주인공 이름까지 지어줬다니, 거기다 온라인 비공개 일기까지요.

제가 일기를 좀 좋아하긴 하죠. 출산 후 육아를 하며 겪는 심경의 변화를 일기로 남기고 싶은데, 책상에 앉아 노트를 펼치고 펜을 들 시간이 없는 거예요. 그래서 손 닿는 곳에 늘 있는 핸드폰에 기록할 방법은 없을까, 고민했어요. 그때 마침 육아일기를 100일 동안 매일 쓰면 그 일기를 모아서 무료로 출판해 주는 앱을 발견했지 뭐예요?

어, 저도 그 앱으로 책을 만든 게 네 권 있어요. 미란 작가님과 겹치는 게 많네요.

역시, 글력의 내공이 여기서 드러나네요.

저도 매일매일 쓰면서 아이가 돌이 될 때까지 세 권의 책을 출판했어요. 저는 앱에 육아일기를 쓰면서 온라인 글쓰기의 장점을 많이 발견했어요. 온라인 글쓰기는 언제 어디서나 쓸 수 있고, 사진도 마음껏 첨부할 수 있고, 또 저장된 기록을 분류하고 검색하기도 수월하더라고요. 육아일기 외에 독서일기도 블로그에 썼는데요. 그 기록이 하나둘 쌓이니까 서평단 신청을 해도 잘 선정되었어요. 그 독서 기록이 쌓여서 지금은 도서 인플루언서로 활동하고 있어요. 일기에서 시작했고 책에 대한 내 생각을 정리한 것뿐인데, 글이 모이니 개인 브랜딩에도 긍정적인 역할을 하더군요. 아날로그 형식의 일기 쓰기도 좋지만, 조금 더 편리한 방법을 고민하는 분들에게는 접근성이 뛰어난 블로그나 인스타 같은 SNS에 써 보는 것도 추천해요.

그러면 일기에서 독자를 고려한 글쓰기, 에세이로 한 발 나아가고 싶을 땐 어떻게 하는 게 좋을까요?

저는 일기가 아무래도 저만의 이야기다 보니 글투가 늘 고정되더라고요. 그래서 조금 다른 스타일로 더 잘 쓰고 싶다는 마음이 들었어요. 그래서 책을 읽고 좋은 문장을 필사하기 시작했어요. 필사하다 보니 저와 비슷한 문체를 가진 작가님도 만나게 되고요. 또 반대로 저와 결이 전혀 다른 작가님의 글을 만나게 되면 '나도 이렇게 귀엽게 써볼까? 이런 시크한 글투도 따라 해 볼까?' 하는 도전정신도 생기더라고요. 필사하면서 글을 쓰는 법을 어깨너머로 배웠어요.

에세이는 일상에서의 경험을 바탕으로 쓴다는 점에서 겪은 일을 쓰는 일기와 비슷해요. 하지만 늘 같아 보이는 일상도 때로는 색다른 순간이 있잖아요. 오늘따라 하늘의 구름이 더 예뻐 보인다든가, 매일 가는 카페인데 그날따라 좋아하는 노래가 귀에 꽂힌다든가. 비슷한 일상에서 특색을 발견하게 되었을 때 그 감흥을 놓치지 않고 상세하게 풀어보는 거예요. 상황을 묘사해도 좋고, 어떤 일이 있었는지 풀어도 좋아요. 단 1초의 순간이라도 돋보기를 대고 확대하여 상세하게 써 보면, 독자와 함께 공감하는 에세이로 다가가는 지점이 보일 거예요.

저는 혼자 쓰는 게 너무 어려워서 글을 써야겠다는 마음을 먹은 순간부터 글쓰기 모임을 찾아 헤맸어요. 그래서 이렇게 오랫동안 꾸준히 혼자 쓰는 두 분이 정말 대단해 보여요.

 하나 작가님은 여러 글쓰기 모임에 참여해 보셨잖아요. 요즘은 글쓰기 모임도 정말 많은데, 그 많은 글쓰기 모임 중 어떤 모임을 선택해야 하는지, 기준이나 고려할 사항 같은 게 있을까요?

 글쓰기 모임은 블로그나 인스타같이 다양한 곳에 너무 많아서 검색하는 법은 이미 다들 알고 있을 것 같고요. 저는 모임을 선택할 때 부담이 적은 글쓰기 모임을 찾으려고 했어요.

 부담이 된다는 건 어떤 의미일까요?

 사람마다 다르겠지만 글의 분량, 글쓰기 횟수, 글쓰기 모임 기간 등이 너무 길거나 많으면 부담될 수 있잖아요. 그래서

저는 처음 모임은 글의 분량도 매우 짧고, 일주일에 2~3편의 글만 쓰면 되는 모임을 찾았어요. 그리고 또 한 가지 중요한 기준은 모임 참가 비용이죠.

맞아요. 비용 절대 무시 못 하죠. 하루 이틀 할 게 아니기도 하고요.

전업주부이다 보니 경제적인 기준도 모임을 선택하는 중요한 부분이었어요. 비용도 제가 감당할 수 있는 선에서 적당한 걸로 택했죠. 그렇게 어느 정도 글쓰기 모임에 참여했더니 제게 맞는 모임이 보이더라고요. 이건 자기 성향과도 연결되는 부분인데요. 무언가를 해내려면 당근과 채찍이 필요하잖아요? '당근'이 잘 통하는 성향이라면 모임원끼리 서로의 글에 공감과 댓글을 꼭 해주는 요건이 있거나, 정해진 글을 매일 인증하면 비용을 돌려받는 요건이 있는 모임이 좋아요. 반대로 '채찍'이 잘 통하는 성향이라면 정해진 기준만큼 채우지 못하면 벌금을 내야 하는 모임 등을 선택하면 된답니다. 저는 어떤 성향이었을까요?

벌금! 벌금 아닌가요?

저를 너무 잘 아시는 듯해요. 맞아요. 저는 벌금을 선택했어요. 그러면서도 칭찬을 많이 받고 싶어서, 많은 사람의 응원을 받는 모임으로 선택하곤 했답니다. 제가 말한 것보다 더 다양한 글쓰기 모임이 있거든요. 자기 성향과 맞는 모임을 잘 찾는다면 글쓰기 생활을 더 재미있게 지속할 수 있을 거예요.

근데 글쓰기 초보는 자신의 성향을 파악하기도 어려울 것 같다는 생각도 들어요. 글쓰기 초보자에게 성향을 막론하고 모임을 권한다면 어떤 형태의 모임을 추천할 수 있을까요?

음, 그건 당연히 글감 제공이죠. 처음 쓸 때는 무엇을 써야 할지 생각하는 게 제일 힘들잖아요. 그래서 저는 글감을 제공해 주는 모임이 제일 좋았어요. 매일 무얼 써야 할지 고민하지 않아도 되니까요.

저도요. 그래서 우리가 만나게 된 혜진 작가님 글쓰기 모임이 매일 글감을 제공해 줘서 딱 좋았어요. 혜진 작가님은 어떻게 직접 글쓰기 모임을 만들고 운영하게 된 거예요?

저는 글쓰기 모임에 참여해 본 적이 없어 운영 방법을 딱히 알지는 못했어요. 책을 내고 나서 사람들에게 어떻게 글쓰기를 시작해야 하는지, 어떻게 하면 잘 쓸 수 있는지 많은 질문을 받았어요. 그때 사람들이 글을 쓰는 일에 관심이 많다는 사실을 알게 되었고, 쓰기의 시작을 도와주고 싶은 마음이 생겼어요. 저도 처음 쓰기를 시작했을 때 뭘 쓸지 몰라서 멍하게 앉아 있다가 끝난 적이 많았거든요. 그래서 쓰기의 시작점에 있는 사람에게 글감을 주면 좋겠다고 생각했어요.

글쓰기 모임을 운영하는 방법을 딱히 몰랐다고 했는데, 그럼 모임을 운영할 때 중요하게 생각한 점은 무엇이었나요?

누구든 글을 처음 쓰기 시작할 때는 내 글이 참 작아 보여요. 이게 글인가, 이걸 누군가에게 보여주는 게 맞나, 싶을 정도로 부끄럽고 창피하죠. 그 과정에서 필요한 건 누군가에게 받는 글에 대한 평가보다 공감이라고 생각했어요. 글쓰기를 지속하기 위해서 말이에요. 그래서 쓴 글에 대해 평가나 첨삭보다 그 글을 읽으며 느낀 마음을 전달하는 것이 제 몫이라 생각했어요. 그 시간이 함께하는 분들에게 계속 쓸 힘을 선물하는 시간이라고 생각했거든요. 현정 작가님도 글쓰기 모임을 진행하고 있잖아요. 작가님은 어떻게 시작하게 되었어요?

저는 '핸드폰 싼 집 찾다가 내가 차린 집'이라는 문구 다들 아시죠? 딱 그런 마음이었어요. 제가 그림책을 좋아하니까 그림책을 보며 떠오른 단상들을 같이 나누고 글로 남기고 싶은데, 그런 모임은 없더라고요. 그래서 뭐 고민하다가 덜컥 만들었죠. 제가 글쓰기 모임에 참여해 보니 '무엇을 쓸까?' 그리고 '어떻게 쓸까?' 이 두 가지가 늘 고민이더라고요. 그래서 글감도 주고, 약간의 글 형태도 제시해 주는 모임을 만들었어요. 근데 같은 글감과 같은 형태를 제시해도 쓰는 사람마다 전혀 다른 글이 나온다는 게, 운영자로서 참 재미있고 신기하고 글 읽을 맛이 나요.

저도 혜진 작가님과 마찬가지로 딱히 누군가를 평가할 실력은 안 되어서 합평과 첨삭은 없어요. 그렇지만 제가 글을 쓰기 시작했을 때, 누군가의 피드백이 엄청나게 도움이 되었거든요. 주술호응이니 적절한 부사 사용이니 맞춤법이니 뭐 그런 것들이요. 그래서 글을 쓰고 싶어 하는 마음이 느껴지는 분들께는 제가 받았던 것처럼 작은 코멘트를 해드려요. 글이 더 발전할 수 있도록요. 그리고 저의 운영 방침은 그분들이 계속 글을 쓸 수 있도록 많은 응원을 해주는 거랍니다. 글을 쓰며 자신을 단단히 다지는 분들이 많아졌으면 좋겠거든요.

제가 글쓰기 모임을 많이 다녀봐서 아는데요. 혜진 작가님의 모임은 정말 글쓰기 초보들이 글감을 받아 자기 방식대로 써 보는 데 안성맞춤이고요. 여기서 조금 익숙해지면 누군가의 코멘트가 필요할 때가 있거든요. 그럴 때 현정 작가님의 모임이 또 도움이 된답니다.

사실 저도 글쓰기 모임을 만들고 싶은 마음이 있어요. 그런데 혹시 모임을 열었는데 한 명도 안 오면 창피하고 괜히 위축되고 상처받을 거 같아서 못 하겠더라고요. 작가님들은 혹시 그런 적 있으신가요?

있죠, 있어요. 신청은 늘 들쑥날쑥하니까요. 물론 아무도 안 올 때는 슬프고 아프기까지 해요. 근데 그것도 한 번은 경험해 볼 만해요. 그러고 깨달은 건 내가 시작한 일에 아무도 모이지 않았다는 사실을 아는 사람이 나밖에 없다는 점이에요. 나 말고는 정말 아무도 몰라요. 고맙지 않나요? (웃음) 나만 힘든 거니까 스스로 위축되는 생각을 길게 가져가지 않고 한 달 쉬고 또 다음 달에 모집하면, 그때는 새롭게 인연이 닿는 분들이 오시더라고요. 그러니 아무도 오지 않을까 봐 걱정돼서 시작도 못하고 그러지 말자고요. 한 번 아프고 나서 마음을 다시 단단히 챙기고 계속하면 한 명은 꼭 와요.

아, 저도 비슷한 경험이 있어요, 호기롭게 독서 모임을 만들었다가 망한 적이 있거든요. (웃음) 처음으로 모임 모집 글을 올렸을 때 제가 정한 인원수가 채워져서 SNS 오픈 채팅으로 한 달 동안 온라인 독서 모임을 했어요. 그리고 다음 달에 다시 모집 글을 올리기 전 모임원에게 물어봤죠. 혹시 사정상 다음 달에 함께하기 어려운 사람이 있다면 그만둬도 되니 말해달라고요.

사실 이렇게 너그러운 척 말했어도, 한두 명 정도 빠지고 그대로 유지될 줄 알았거든요. 그런데 한 분이 그만두겠다고 하니, 우후죽순으로 나머지 분들도 다들 그만두겠다는 거예요. 그러고선 바로 나가기 버튼을 클릭하는 바람에 붙잡을 새도 없이 사라지더라고요.

결국 단톡방에는 저와 맨 먼저 그만두겠다고 말한 분만 남게 되었어요. 순간 허탈감이 가득했죠. 허탈감이 가득했죠. 눈물을 머금고 그분께도 대화방에서 나가도 된다고 이야기했어요. 그런데 제가 안쓰러웠는지는 괜찮다고, 한 달은 더 해도 된다고 말해줘서, 일단 한 분을 확보한 채 두 번째 모집 글을 올렸어요. 사실 한 달 만에 모임이 망해버려서 두 번째 달도 운영이 안 될 줄 알았거든요.

그런데 또 인원이 금방 보충되는 거예요. 그걸 겪으면서 '내가 문제가 아니라 그저 모임장과 모임원이 서로 성향이 맞지 않는 것뿐이었구나. 다음에도 또 안 될 거라고 미리 겁먹지 말자'라고 생각했어요. 그 모임이 지금까지도 이어지고 있고요. 그러니까 한 번 상처받았다고 해서 놓아버리지 않고 꾸준히 하면 된다는 것, 모임을 만들어 운영하는 힘은 거기에 있는 것 같아요.

맞아요. 꾸준히 하는 힘은 정말 대단해요. 글쓰기 모임을 운영하면 글을 같이 쓰게 되거든요. 그래서 꾸준히 쓴다는 장점도 있지만, 한편으로는 막막한데 계속 써야 한다는 단점도 있어요. 혹시 작가님들은 글을 쓰다가 막힐 때는 어떻게 해요?

우리가 계속 써 봐서 알지만, 글은 잘 써지는 날보다 막히는 날이 훨씬 많지 않나요. 그렇죠? 그래서 포기하기 쉬운 게 글쓰기죠. 첫 줄 써놓고 멈추기도 하고, 잘 나가다가 뚝 하고 말이 끊기기도 하고요. 진도가 나가지 않는 경험은 우리가 매일 겪는 일이에요. 저는 쓰는 것이 이어지지 않을 때 그냥 글쓰기를 포기합니다. 물론 막혀있을 때 여러 시도를 해 보지만, 결국 여의

찮을 때는 컴퓨터를 덮고 쓰기와 상관없는 행동으로 옮겨가요. 그러다 보면 운 좋게 이어갈 이야기가 생각나기도 하지만, 끝까지 나 몰라라 지내기도 하는데요. 그럴 땐 마음 편히 생각해요. 오늘 글은 못 썼지만 내일 또 다른 글을 쓰면 된다고 생각하니까 힘이 덜 빠지더라고요. 오늘의 글과 씨름하는 것보다 내일의 글을 준비하는 게 더 낫다는 마음으로 너무 애쓰지 말자고요.

그러고 보니 이것도 모임 운영하는 거랑 똑같네요. 하루 잘 써진다고 좋아했다가, 하루 안 써진다고 슬퍼했다가 일희일비하면 안 되는 거죠. 그리고 글이 왜 막히는지 아세요? 잘 쓰고 싶다는 마음 때문이에요. 꽤 괜찮은, 꽤 그럴싸한 글을 쓰고 싶어 하니까 막혀요. 잘 쓰고 싶다는 욕망을 살짝 넣어두고 일단 쓰기부터 하면 돼요. 무엇을 쓸지 고민하지 말고 쓰는 거예요. 널리고 널린 게 글감이잖아요. 아이의 한마디, 화장실 문짝에 붙은 글귀, 라디오에서 들려온 음악 등 나의 일상부터 관찰해서 쓰면 돼요. 또 첫 문장이 어려우면 두 번째 문장부터, 두 번째 문장이 어려우면 세 번째 문장부터 쓴다고 생각하면 조금은 가벼워져요.

 근데 저는 글을 쓰는 게 막힌다는 느낌을 받은 적이 없어요.

 (깜짝 놀라며) 작가님, 혹시 글쓰기 천재……?

 아니, 그런 게 아니고요. 앞에서도 말했다시피 저는 그동안 혼자 일기 쓰고 혼자 필사하고, 혼자 독서 기록을 하는 것이 글쓰기인 줄 알고 썼으니까요. 그러니 한 줄만 써도 저에겐 그게 완성본이었죠. 물론 이번 책 쓰기를 하면서 글이 막힐 수도 있다는 걸 몸소 경험했다고나 할까요? 분명히 완성은 했는데 무언가 2% 부족한 느낌이 들어서 계속 붙잡고 있게 되더라고요. 작가님들은 그런 적 없었나요?

어휴, 2%면 양호하죠. 저는 20%, 아니 200% 글을 흐지부지하게 끝내는 것 같은 느낌 때문에 고민이 많았어요. 예전에 글쓰기 모임을 할 때도 늘 그게 저의 고민거리였죠. 그때 받은 조언이 있었는데요. 최대한 긍정적으로 마무리하라는 것이었어요. 저는 자신감이 좀 부족한 편이라 어떤 경험을 통해 글을 써도 '후회된다, 아쉬웠다' 이런 식으로 결말을 썼어요. 그런데 조언을 받고 나서는 경험을 바탕으로 스스로 발전한 부분이나 앞으로 나아갈 방향을 최대한 찾거나, 이러한 경험을 통해 다른 이에게 조언한다는 마음에 집중해서 글을 썼어요. 그렇게 연습했더니 차츰 200% 부족함에서 20%? 음, 한 2% 정도 부족하게 되었어요. 그 남은 2%의 부족함은 유능한 독자에게 맡기는 걸로 툴툴 털고 일어났어요.

저는 반대로 2% 부족하기보다, 2% 과한 느낌이 들 때가 있어요. 아니 20% 과한 느낌? 글을 쓸 때는 감정에 충만해서

막 써 내려갔는데 막상 쓰고 보니 '이거 너무 사적인데?' 하는 생각이 들더라고요. 특히 가족과 있었던 일을 쓸 때 더 심해요. 아이에게 미안해서 엉엉 울고 싶거나, 남편에게 서운해서 팔딱팔딱 뛰고 싶을 때 휘갈기듯 쓴 글들이요. 왜 새벽에 쓴 연애편지는 다음날 읽어보면 이불 킥하게 되잖아요. 딱 그런 심정이더라고요. 개인적인 감정 표현이 너무 과할 땐 살짝 덜어내는 것도 글을 다듬는 중요 포인트 중 하나라고 생각해요.

쓰다가 막힐 때, 다 썼는데 헛헛할 때 어떻게 하는지 이야기해 주었는데요. 그럼, 실제로 글을 쓸 때 적용할 수 있는 나만의 꿀팁이 있을까요? 무덤까지 가져가려고 했던 글쓰기 비법 좀 여기서 풀어주시죠. (하하)

글쓰기를 처음 시작하시는 분들을 보면 공통으로 많이 하는 실수가 몇 가지 있어요. 그중에 '-같다/-같았다'라는 말로

문장을 마무리한다거나, '사실', '진짜', '나는' 같은 단어들을 반복해서 쓰는 경우가 많아요. 말 습관처럼 글 습관도 있어요. 생각이 아직 단단해지기 전이라 '-같다/-같았다'라고 표현하기도 하는데요. 이 부분을 그냥 '-다'로 깔끔하게 마무리 짓는 걸로 바꿔 보길 추천합니다. 그리고 별 의미 없이 습관적으로 반복하는 단어들은 걸러내고요. 쓴 글을 어떻게 다듬느냐가 사실은 잘 쓴 글의 비밀이 아닐까 해요.

저는 편지 형식으로 글을 쓰는 걸 적극 추천해요. 대상이 없는 글쓰기보다는 특정 대상을 정해놓고 글을 쓰면 한결 수월하거든요. 나와 특별한 관계가 있는 누군가라면 더 쉽게 글이 써지겠죠. 편지를 쓸 때 우리는 그 사람에게 마음을 담아 쓰잖아요. 그래서 그런지 편안하게 수다 떨듯 쓴 글이지만 어느새 근사한 말로 바뀌어 있기도 하더라고요.

저도 편지쓰기 좋아해요. 특히 책을 읽고 그 책의 작가에게 편지글을 쓰는 것도 좋아해요. 마구 친한 척하면서 옆집 언니에게 수다 떨듯 쓰다 보면 진짜 친해진 것 같아 기분도 좋아지거든요. '슬아 언니, 언니 있잖아' 하면서요. 사실 이슬아 작가님은 저보다 동생이지만요. (하하) 그리고 여기서 한 가지, 저만의 팁은 그 작가의 글투를 따라 해 보는 거예요. 어미 처리, 호흡, 특정 단어들을 따라 하다 보면 잘 쓰는 글은 이런 거구나, 몸이 기억한답니다.

저는 글의 주제와 소재는 생각났는데 첫 문장을 어떻게 시작해야 할지 고민될 때가 많아요. 주로 경험에서 비롯된 에세이를 많이 쓰는 편이라, 첫 문장이 막힐 땐 큰따옴표로 문장을 시작해요. 아이가 한 말, 제가 뱉은 말, 남편에게 들은 말 등을 큰따옴표로 쓰면 그다음 문장이 쉽게 써져요.

또 의식적으로 한 문단을 3~4문장으로 구성해서 작성하려고 노력해요. 생각 한 줄을 중심 문장으로 써 두고, 곁들임 문장과 뒷받침 문장을 하나씩 붙이는 거죠. 순간 떠오른 생각 한 줄로 한 문단을 구성해 내면, 상념이 구체화되고 독자에게 더욱 설득력 있게 다가갈 수 있어요. 그렇게 글을 구성하고, 다시 읽어가며 불필요한 문장은 덜어내요. 문단 전체를 덜어내기도 하고, 두세 문단을 다시 한 문단으로 줄이기도 하죠. 이 과정을 통해 글의 구조가 더욱 탄탄해지더라고요.

글을 잘 쓰는 나만의 비법이라 말하기에는 좀 그렇지만, 저는 글쓰기 전 의식을 중요하게 여겨요. '책 중에 제일 좋은 책은 산책'이라는 말 많이 들어보셨죠? 글쓰기 전 밖으로 나가 산책하면서 머릿속 이야기를 정리하고, 돌아와서 글을 완성해요. 작가님들은 자신만의 글쓰기 루틴이나 글쓰기 전 의식 같은 건 없나요?

저는 공신 강성태의 BGM을 들어요.

오, 역시 직업은 못 속여요. 선생님답네요.

재즈도 들어보고 클래식도 들어보고 했는데 집중이 제일 잘 되는 건 공신이 최고예요. 완전 강추!

저는 일단 글을 쓸 공간을 정리해요. 집에서는 식탁이 제 공간이라 식탁 위에 있는 것들을 제자리에 두는 일부터 시작하는데요. 아시죠? 조금 치우려고 시작한 일이 집 청소로 이어지는 거. (웃음) 이래서 집에서 일을 못 한다며, 결국 카페로 짐을 챙겨 나가는 경우도 많아요.

 저는 책장에 있는 책을 다 꺼내서 출판사별로 정리했다가, 작가별로 정리했다가, 가나다 순으로 정리했다가……. (하하)

 그러면 도대체 글은 언제 써요?

 그러다가 또 문득 만난 책을 보고 영감을 받아서 글을 쓰기도 해요. 그리고 일기장을 들춰보는 습관도 있어요. 일기장을 열면 그때의 그 감정 속으로 빨려 들어가서 휘몰아치는 글쓰기가 하고 싶어지거든요. 내가 잊고 있던 사건에서 글감을 발견하기도 하고요.

 저는 재웁니다. 훼방꾼 1, 2, 3호를요. 따뜻한 액체에 하얀 가루를 탄 무언가를 먹이지는 않아요. (하하) 그냥 기다릴 뿐.

저는 아무도 없는 조용한 환경이 만들어져야 좋은 글이 써지더라고요.

현정 작가님의 좋은 글이라는 표현을 들으니, '좋은 글'이란 뭘까? 궁금해져요.

그럼 우리 〈라디오스타〉처럼 '나에게 좋은 글이란?' 질문으로 수다를 마무리해 볼까요? 미정 작가님에게 좋은 글이란?

좋은 글이요? 음, 저는 제 글 빼고 다 좋은 글이던데요. (하하) 왜 남이 차려준 밥상은 다 맛있고, 남이 타 준 커피가 더 맛있는 것처럼 남이 쓴 글은 전부 맛깔나더라고요. 아직 좋은 글과 그렇지 않은 글을 가르는 안목이 없을 수도 있지만, 그 둘의 모호

함도 있는 것 같아요. 또 어떤 글이든 반면교사 삼을 수도 있다고 생각하고요. 무엇보다 다른 사람들의 글을 읽으면서 '어떻게 이런 문장을 썼을까?', '같은 것을 보고 들었는데 이토록 색다른 생각을 할 수 있을까?' 하는 다채로운 세계를 엿볼 수 있으니까요. 혜진 작가님에게 좋은 글이란 뭐예요?

저는 하고 싶은 이야기가 담겨있는 글이 좋은 글이라고 생각해요. 글에는 자기 생각과 경험이 다 담겨 있잖아요. 쓰다 보면 분명히 내 글인데 많은 것들을 고려하느라 다른 내용이나 감정이 섞일 때가 있어요. 그러지 않고 주변의 눈치 없이 써 내려갔다면 그 자체로 의미 있고 좋은 이야기라고 생각해요. 글을 쓰는 동안에라도 솔직할 수 있다면 그건 스스로에게 도움 되는 일이더라고요. 글쓰기 수업을 할 때 이기적인 글쓰기를 하라고 말씀드리는데, 결국 쓰는 일은 나를 위한 일이기 때문에 저는 내 이야기를 담아낼 수 있는 글은 모두 좋은 글 같아요.

제게 좋은 글이란 감정이 과잉되게 담기지 않고 담백한 글이에요. 초반에 글쓰기를 하면서 경험을 담아낼 때 그때의 기분이나 감정이 생생하게 올라오기도 해요. 그걸 잔뜩 쏟아내면 일정 정도의 분량이 채워지고요. 그런데 구구절절 감정을 드러낸 글을 다시 보면 하소연밖에 안 되더라고요. 나와 다른 이의 글을 비교해 보면서 왜 좋은지 보니 객관적이고 담백하다는 걸 알았어요. 비슷한 경험을 담은 글을 나도 쓰고 다른 이도 썼는데, 나보다 더 잘 쓴 것 같은 느낌을 받아서 살펴보면 감정과 한걸음 떨어져서 사건, 경험을 묘사하고 서술하고 있어요. 독자에게 그 당시 내가 어떠한 감정을 느꼈는지 알아달라고 호소하지 않아요. 담담히 써 내려간 글을 읽으면서 독자는 자기 경험을 떠올리며 작가의 글에 공감해요. 오히려 독자가 자신의 감정을 드러내면서 작가에게 이입하는 느낌을 받으려면 담백해야 좋은 글이 된다고 봅니다. 현정 작가님은요?

음, 저는요. 있는 그대로의 나를 인정하는 글이요. 글을 쓰다 보면 잘 쓰고 싶어서 나는 그런 사람이 아닌데 착한 척, 똑똑한 척, 배운 척, 괜찮은 척하게 되는데요. 그런 꾸며진 글 말고 있는 그대로 지금의 나를 바라보고 드러내는 글이 제가 생각하는 좋은 글이에요. 상대방의 기대에 부응하기 위해 가면을 쓴다거나, 조회 수를 위해 좋아하지도 않는 이야기를 좋아하는 것처럼 쓴다거나, 행동하지 않으면서 이론만 주장하는 그런 글은 쓰고 싶지 않아요. 지금, 여기 이 순간에 이 모습으로 존재하는 나를 덤덤히 받아들이고 내 색깔대로 글을 쓰고 싶어요. 여전히 무명작가라고 불린다고 해도 말이죠.

표정은 속여도 글은 못 속인다고 하거든요. 글을 보면 그 사람을 알 수 있대요. 그래서 저는 제 글과 닮았다는 말이 너무 좋더라고요. 자, 그럼, 이제 마지막 주자에게 물을게요. 미란 작가님에게 좋은 글이란 무엇인가요?

저도 하나 작가님과 비슷해요. 저에게 좋은 글은 '기록 같은 글'이에요. 나의 감정을 빼고 상황과 생각을 서술하는 기록 같은 글, 개인의 글이지만 일기는 아니고, 개인의 글이지만 사회상이 반영되어 독자가 생각할 수 있는 글이요. 이를 위해서는 자신을 성찰하는 힘도 필요하고, 자신을 위에서 내려다보는 메타인지도 필요해요.

요즘 노벨문학상을 수상한 아니 에르노(Annie Ernaux)의 소설에 흠뻑 빠져있는데요. 그녀의 글이 바로 이런 글이에요. 분명 작가의 개인적인 경험이 빼곡히 적혀있는데 글을 읽으면 읽을수록 '나'의 이야기 같아요. 나의 이야기와 다른 부분은 나라면 어떨지 생각하게 만들고요. 지극히 개인적인 글인데도 많은 사람이 생각해 볼 수 있는 점을 예리하게 끄집어내죠.

저도 기록이지만 기록 같지 않은 글을 쓰고 싶어요. 나로부터 시작되어 세상을 돌고 돌아 다시 나에게로 돌아오는 글이요.

 다들 글쓰기에 진심인 분들 맞네요. 그래서 우리가 이렇게 만나 '오늘도 쓰는 사람들'이 되었나 봐요. 우리 서로에게, 좋은 글을 쓰는 오랜 글벗이 되어주자고요. 또 언젠가 수다스러운 글쓰기 이야기의 다음을 기약해 봅니다.

그녀들의 글쓰기 맛수다

발행일 | 2024년 4월 25일 초판 1쇄

지은이 | 강하나, 김미정, 우혜진, 이현정, 조미란
펴낸이 | 장영훈
펴낸곳 | (주)이츠북스

편집 | 고은경, 이연제, 장지현
마케팅 | 남선희, 박성연
디자인 | 디자인글앤그림
표지일러스트 | 한소영
인쇄 | 영신사
용지 | 월드페이퍼

출판등록 | 2015년 4월 2일 제2021-000111호
주소 | 서울특별시 강서구 화곡로 416, 1715~1720호
대표전화 | 02-6951-4603
팩스 | 02-3143-2743
이메일 | 4un0-pub@naver.com

홈페이지 | www.4un0-pub.co.kr
SNS 주소 | 페이스북 www.facebook.com/saungonggam
인스타그램 www.instagram.com/saungonggam_pub
블로그 blog.naver.com/4un0-pub

ISBN | 979-11-959138-4-8 03800

사유와공감은 (주)이츠북스의 출판 브랜드입니다.

사유와공감은 독자 여러분의 책에 관한 아이디어와 원고 투고를 기쁜 마음으로 기다리고 있습니다. 책 출간 아이디어가 있으신 분은 이메일 **4un0-pub@naver.com** 또는 사유와공감 홈페이지 '작품 투고'란으로 간단한 개요와 취지, 연락처 등을 보내 주세요.
여러분을 언제나 응원합니다.